BRUJAS

Antonia Romera López

Una vida letra a letra

A los que de verdad creyeron en mí, que fueron muy pocos.
Al manchego que me aupó cuando más falta me hacía y me alentó
a seguir mi camino y hacerme grande.
A Mila y Ricard que me acogieron como familia cuando me quedé
sola.
A mi familia por acompañarme en esta vida.

CONTENIDO

CAPÍTULO 1

Archivo Histórico provincial de Toledo, 2018

—¡Ven aquí, bicho! —dijo Roberto mientras corría por la sala.

El misterioso Roberto Armero-Medina Gutiérrez de Robles perseguía a una gata callejera que se había colado por una de las ventanas del sótano. Ningún animal podía estar entre legajos del s. XIII. Si el director del archivo llegara a enterarse, además de llamarlo hereje y repudiarlo con deshonor, iría a la calle más pronto que tarde. Pero aquella gata orgullosa, lejos de sentirse intimidada por el hombretón que corría tras ella, parecía burlarse paseándose ante él con el rabo levantado cuando no estaba a su alcance.

—No es nada personal, pero si no te saco de aquí sin que te vean, tendremos un problema.

Agachado como estaba no pudo, ni siquiera presentir, lo que acababa de ocurrir justo detrás de él.

—¡Hola! —dijo una voz de mujer. Trastabillando en dirección contraria a la voz, Roberto fue a parar contra uno de los modernos armarios móviles que guardaban tesoros escritos de centurias. Y aunque la pregunta que tenía en mente antes de levantar la cabeza era cómo has entrado aquí, lo que surgió de su boca fue:

—¿Qué hace eso aquí? —dijo entre asustado y curioso.

—Eso es mi vehículo. Y me hace un gran servicio así que un poco de respeto. Chulo, ¿eh? —respondió la joven sonriendo. Detrás de ella un armario labrado de una sola puerta ocupaba el espacio entre ella y la mesa de Roberto que la miraba con ojos desorbitados—. ¿Qué hacías en el suelo?

Sin despegar la vista de ella respondió como un autómata —. Intentaba cazar a ese gato.

La muchacha se agachó y llamó al travieso felino.

—Ven pequeña. Creo que tengo un refugio mejor para ti.

La gatita, con su cola erguida, escrutó a la chica tratando de adivinar si sus intenciones eran buenas y apenas dudando dos segundos se dirigió hacia ella hasta que llegó a donde se encontraba restregándose en sus piernas.

—Se atrapan más moscas con miel que con vinagre —dijo mirando a Roberto.

La risa que Carlota ahogaba se convirtió en una sonrisa de autosuficiencia que, con mucha sorpresa para él, molestó a Roberto. ¿Por qué sentía que la conocía de toda la vida? Como quien siente la seguridad de estar con un viejo amigo. Pero las siguientes palabras de la joven no fueron menos sorprendentes.

—Si. Efectivamente, nos conocemos. Pero te lo contaré por el camino.

—¿Camino a dónde?

—A mi casa en Marsella, rodeada de un precioso campo de lavandas. Tenemos que acondicionarnos antes de la misión. —La chica alargó la mano hacia él para ayudarle a levantarse del suelo, donde seguía en estado cuasi catatónico, y con una cálida sonrisa dijo— Confía en mí.

Sin pensarlo, y en contra de su propio sentido común, Roberto aceptó la ayuda de aquella enigmática mujer y se irguió frente a ella mientras aún asía su mano. A pesar de ser una mujer pequeña era lo suficientemente fuerte para tirar de su metro noventa. Al ponerse en pie pudo comprobar que apenas le llegaba a la altura del hombro. Debía tener unos 30 años ya que parecía algo más joven que él, pero su melena roja y rizada, la viveza de sus ojos y la seguridad que la rodeaba le daban un extraño aire de sabiduría y picardía al que era difícil resistirse. Hasta que abrió la puerta de aquel armario aparecido de la nada y lo arrastró con ella hacia adentro no salió de su encantamiento.

Un grito de asombro se ahogó en su pecho cuando la puerta se cerró tras él. «Es mi vehículo» había dicho ella. Lejos estaba de imaginar lo que encontraría dentro. Nada tenía aquello que envidiar a la mejor suite del mejor hotel que él hubiese conocido. Aunque no había ninguna ventana una suave luz inundaba el pequeño salón. Dos amplios sofás miraban a lo que parecía una chimenea, y junto a ellos, una librería con cuatro estantes daba el toque hogareño. A la derecha, tras una puerta doble entreabierta, se veía una cama grande. De no ser por la consola de ciencia ficción que había al fondo del salón aquello podría haber pasado por un apartamento más que bien acondicionado.

—Siéntate un momento. Enseguida estamos en casa —dijo Carlota desapareciendo por una puerta al fondo de la habitación.

Mientras Roberto decidía si sentarse o no, ella apareció de nuevo con dos vasos de agua fría y los dejó sobre la mesa que había entre los sofás y aquel hueco en la pared que simulaba un hogar.

—No lo parece, lo es —. Y chasqueando los dedos un rabioso fuego apareció de la nada.

—¿Puedes leerme el pensamiento? —dijo Roberto mirándola con ojos de plato. Siendo tímido como era aquella intromisión sería mucho más que incómoda.

—Todavía no, pero te conozco y se me da bien leer la cara de las personas. Siéntate y empezaré con las aclaraciones —. Esta vez dejó el vaso de agua entre las manos de Roberto una vez que él se hubo sentado. De repente, la gata callejera, de la que se había olvidado completamente, saltó en el regazo de la que le había prometido un lugar mejor donde pasar sus días. Gracias al inesperado movimiento de la gata Roberto salió de su ensimismamiento y preguntó.

—¿Quién eres?

—Carlota.

Tras un minuto de reflexión, parte de su infancia, casi treinta años atrás, afloró como si de ayer se tratase. Mientras trataba de escapar del engañoso ajetreo amistoso de su familia con el resto de la nobleza, él y su pequeña amiga Carlota corrían por los campos y bosques cercanos a la casa solariega donde los Condes de Sotollano pasaban el verano. Roberto ya empezaba a odiar la vida social de los que le rodeaban y Carlota era la chica rara del pueblo. Carlota era hija de Sarah, una de las muchachas que atendían la cocina y las labores de la casa mientras ellos estaban allí, y siempre hablaba sin parar de flores, magia, hadas y otras cosas sin sentido, pero aun así él, con nueve años, se sentía protector con aquella niña que parecía ver cosas que nadie más veía. Inseparables. Hasta que un buen día ella desapareció.

—Tenías siete años la última vez que te vi.

—Lo sé. Y debo haber cambiado mucho si no eres capaz de reconocerme siquiera por el pelo zanahoria —dijo ella divertida tratando de aliviar la tensión que notaba en Roberto.

—Tú y tu madre desaparecisteis.

—Las brujas debemos movernos de vez en cuando. —Aquello iba a ser más complicado de lo que ella pensaba así que decidió ir a lo práctico— Veo que no avanzamos, que estamos llegando y tenemos muchas cosas que hacer, así que voy a ir a lo que necesitas saber ahora y a partir de ahí, seguimos. Estamos dentro de mi nave espacio-temporal. Sé que se te amontonan las preguntas en la cabeza, pero ya tendremos tiempo. Tengo como base una casa de campo en Marsella donde nos vestiremos adecuadamente y nos prepararemos para saltar a la abadía de Saint-Michel en Normandía, una semana antes de la noche de San Juan de 1214. Mientras Felipe II está entretenido luchando con los ingleses, y el abad Raoul des Îles, se preocupa de su vida religiosa y sus monjes, nosotros vamos a entrar en la abadía y nos vamos a llevar algo que hay guardado allí.

Un vaso de agua no bastaba para tragar todo aquello. La cabeza empezaba a dolerle como si le hubiesen trepanado el cráneo, pero todavía pudo hacer una pregunta más.

—¿Por qué has venido a por mí? ¿Por qué ahora?

—Porque hiciste tu tesis sobre la baja edad media, porque pasaste seis meses en Saint Michel con una beca estudiando sus archivos, porque sé que puedo confiar en ti para que me cuides las espaldas y porque me he cansado de trabajar sola.

—¿Estoy secuestrado?

—¿Secuestrado? ¡Mides medio metro más que yo y tienes unos brazos como troncos de árbol! —Carlota levantó la ceja, dibujó en su cara una sonrisa de medio lado y en la mente de Roberto se formó la imagen de una pequeña pelirroja con ese mismo rostro al que seguía un «¿eres tonto?» y una risa escandalosa y sincera. De repente se sintió confiado y un millón de preguntas se agolpaban en su cabeza para salir y encontrar respuestas. Pero una brilló por encima de todas.

—¿Cómo que eres bruja?

—Hemos llegado.

—¿No me vas a contestar?

—Ya es hora de comer. ¿Qué te parece si disfrutamos del almuerzo y seguimos con esto después con un té? Isabelle debe tenerlo todo listo. Sé a qué dedicas tus fines de semana —rio—. Estoy segura de que no echarás de menos tus rutas gastronómicas mientras estés aquí.

—No sé qué responder a eso.

—Vale. Vamos a hacer lo siguiente. Esta tarde contestaré a todas las preguntas que se te ocurran, siempre que tenga la respuesta, y después de la cena podrás decidir si te quedas conmigo para ir a Saint-Michel o no. Si mañana por la mañana has decidido volver a Toledo te dejaré de nuevo en el mismo sitio y a la misma hora en que te recogí. Si decides quedarte conmigo... —Carlota se levantó del sofá y se dirigió a la puerta mientras pensaba una respuesta acertada.

—¿Qué?

—Te aseguro, al menos, que será más excitante que lo que haces ahora.

Con esta respuesta abrió la puerta y salió, seguida por Roberto, al soleado salón abierto por un lado al mar Mediterráneo y por otro al más impresionante campo de lavandas que jamás había visto. Estaba claro que su vieja amiga era tan especial como él había intuido en la infancia y casi estaba convencido que su curiosidad nublaría su buen juicio.

CAPÍTULO 2

Roberto y Carlota habían sido los mejores amigos durante la infancia. Ella era la única de su edad de entre los hijos del servicio. Era además la única que rondaba la casa mientras su madre trabajaba en la cocina y su único entretenimiento fueron el bosque y los seres que lo habitaban (a la vista de todo el mundo o no). Su madre era una mujer discreta y había tratado de inculcar a Carlota esta virtud, pero ella, despierta y vivaracha como era, no podía ser invisible para todos porque una cosa era no llamar la atención y otra muy distinta esconderse. Años más tarde entendería las razones de su madre.

Sarah había criado sola a Carlota, a la que había contado cómo su padre, un buen hombre, había desaparecido dejando apenas una carta, una carta manida por el tiempo y las manos de su compañera, que seguía con la esperanza de volverlo a encontrar. Bien sabía ella cómo eran las cosas en su mundo, a veces tranquilas y maravillosas y otras trepidantes y peligrosas. Sabía también del trabajo de él, sabía que estaba al servicio del Gran Aquelarre, y a sabiendas formó su familia, disfrutando de cada día como si fuera el último. Así creció Carlota con una madre amorosa a pesar de los días en que la veía con aire sombrío y triste. Le había enseñado a usar las hierbas, a preparar aceites y ungüentos, a mirar a la luna y a creer en la magia, a ser consciente de las energías que nos envuelven y a usarlas bien. Sarah, además de trabajar en la cocina de la casa era doula, enfermera improvisada, contadora de historias, mujer sabia, al fin y al cabo. ¿Qué son si no las brujas?

Esa niña pelirroja que creció en el bosque lo hizo también libre. Claro que en plenos ochenta no todo podía ser correr por el bosque. Durante el invierno Carlota asistía al colegio del pueblo donde destacaba por una madurez que no correspondía a su edad. La independencia que su madre había alentado en ella la hacía a los ojos de los demás casi insolente con apenas ocho años, lo que tampoco ayudó para que hiciese migas con los otros alumnos. Pero ella seguía siendo feliz. Roberto fue siempre su único amigo humano aquellos días de verano en los que ella podía correr descalza, sin horarios, pesadas mochilas, ni clases aburridas.

Roberto era, sin embargo, un chico bueno, correcto, disciplinado, criado en un colegio masculino donde pasaba gran parte del año. Solo en verano podía zafarse de la estricta rutina de la institución en la que estaba interno. Solo en verano podía disfrutar de la frescura de la chiquilla del pelo rojo. La seguía y observaba sus rarezas al principio, pero con el tiempo aprendió a jugar con ella a hablar con los animales y los seres del bosque. Se convirtieron en su compañero y en su guardián silencioso, porque sabía que en el mundo fantasioso de «pelo zanahoria» no existían los caballeros andantes. Ella se bastaba sola, y mejor que bien, pero, por si acaso, él siempre sería su sombra.

Y así lo recordó siempre Carlota, respetuoso con ella y confidente de sus aventuras. Alguien de fiar, alguien que estaba allí cuando lo necesitaba sin tratarla como si fuese de cristal.

Los Condes de Sotollano no pertenecían a la aristocracia de las revistas y aun así no podían evitar ciertas formas de hacer con las que ellos mismos se habían criado. Evidentemente conservaban bienes de sus familias que habían puesto a trabajar para vivir de las rentas, pero aun así ninguno de los dos había renunciado a dedicar su tiempo en algo provechoso. Mientras Margarita Gutiérrez de Robles se ocupaba de la asesoría legal de una asociación de mujeres de Valladolid, Salvador Armero-Medina se ocupaba de la Biblioteca de la universidad. Adoraban a su hijo, el mayor de tres. Los gemelos nacieron años después de la partida de Carlota. Los padres de Roberto ya habían desistido y quizá por eso llegaron Ana y Samuel.

Pero sus hermanos no eran como Carlota. Por muy divertidos que fueran esos bebés mocosos no veían el mundo como ella y lo echaba de menos. En fin, no le quedaba otra que asumir que ella ya no estaba y dedicarse a otra cosa, así que estudió hasta el bachiller y se matriculó en la flamante Facultad de Ciencias de la Documentación de la Complutense.

En su inconsciente había quedado la imagen de un gran libro sobre la mesa en el que la madre de Carlota leía murmurando a veces y que curiosamente siempre terminaba de consultar cuando ellos llegaban. Después lo devolvía a una estantería que parecía hecha exclusivamente para ese libro porque, salvo los cuadernos de Carlota, ninguno más lo poblaba. Nunca estuvo al alcance de ellos y si alguna vez tuvo tentación de echar un vistazo, la propia Carlota se encargó de quitarle la idea: «Nadie más que su propietario puede ojear un libro de sombras».

Durante años buscó distraídamente algún libro que se pareciera a ese, pero no lo encontró. Y así terminó en el Archivo histórico de Toledo. Allí donde Alfonso X, el sabio, creó la Escuela de Traductores en el siglo XII algo debía haber que se le pareciese. Pero ni ahí, ni en el hermoso y antiguo paraje de Saint-Michel encontró lo que buscaba.

Mientras uno estudiaba para hacerse un hombre de provecho, la otra seguía en su mundo fantástico, aunque ahora lo hiciera entre los bosques irlandeses. Su madre nunca le mintió, nunca le escondió lo que eran, y la fue adiestrando en las artes de la brujería como otros enseñan a sus hijos a ir al baño, a lavarse los dientes todas las noches o a comportarse correctamente y compartir los juguetes. Fue tan natural para ella que no le extrañó cuando su madre le advirtió que debían mudarse razones que todavía no le podía explicar. Carlota sabía que su madre nunca le mentiría y si no le decía algo ahora, ya lo haría.

Y llegó el día. Carlota contaba ya catorce años y su vida, como la de una adolescente corriente, transcurría entre el instituto, el cine y su modesta casa en el pueblo de Kinsale en Irlanda. Cuando llegó a casa su madre estaba sentada en el sofá junto con un señor con el pelo blanco y pinta de sabio. Los ojos de Sarah resplandecían y sonreían a su hija.

—Hola, hija. ¿Cómo ha ido el día hoy?

—Hola, mamá. —dijo Carlota un poco extrañada. Siendo tan pocos habitantes como eran en el pueblo, era raro que a ella se le hubiera escapado alguien luego, o había estado encerrado en una cueva o era un forastero—. Good afternoon, sir.

—Buenas tardes, Carlota— respondió el extraño.

—¿Qué pasa aquí, mamá? —¿*Un novio?*, pensó. *No creo. Se lo hubiese visto. Y, ¿por qué habla en español? Por aquí no hay nadie que lo hable.*

—Este es Carlos O'Donell. Él es tu padre, hija.

Carlota sabía que ese día llegaría, pero no se lo esperaba en ese momento. Sabía que su madre no le había contado toda la historia y ahora parece que pretendía contársela toda de golpe y eso tampoco era justo—. Me voy a mi habitación.

—¡Carlota!

—Déjale espacio, cariño. Saldrá cuando esté preparada. —dijo Sarah a Carlos—. Sabía que esto pasaría tarde o temprano no supe cómo ir allanando el camino antes de que llegaras.

—Está bien. Tendré paciencia. Aunque ya sabes que no es mi mejor virtud —. Sarah sonrió pícara y cómplice a Carlos. Era cierto que lo conocía bien. A pesar de los años que habían parecido una eternidad ahora volvía a ser como si nunca se hubiese separado.

Entretanto, Carlota paseaba por su habitación mientras meditaba. Necesitaba serenarse para asumir todo aquello. La habitación se quedaba pequeña. Iba y venía y volvía. Más espacio. Tenía que salir.

Salió por la ventana como había hecho otras veces. Como siempre que lo hacía, había dejado la ventana abierta con un trozo de maroma de barco como tope. Así su madre sabría dónde estaba y evitaría que se cerrase para poder entrar más tarde, que no sería la primera vez.

El bosque siempre fue su refugio, desde pequeña, cuando vivían en Renedo de Esgueva. Allí pasaba sus momentos a solas, cuando su madre no podía ayudarla, y podía meditar las cosas. Allí jugaba con los seres elementales y preguntaba a sus guías espirituales por sus dudas. Y allí, en el bosque conoció a su amigo Roberto, al que aún recordaba a veces. En aquel bosque irlandés, que ya llevaba visitando años, ya tenía su rincón. En un recodo del paseo Scilly se dibujaba un pequeño camino que acababa en una cueva que, aunque poco profunda, era suficiente para mantener su intimidad. Allí tenía su pequeño altar ante el que meditaba cuando necesitaba hablar a sus guías. Y allí se sentó a meditar hasta que su amigo el leprechaun apareció.

—Hola, pequeña Carlota. ¿Puedo ayudarte?

—Mi padre ha aparecido. —El pequeño duende miró a la niña esperando algo más —. Ahora mismo estoy bloqueada. No sé qué esperar ahora.

—No esperes nada. Vuelve a casa cuando estés serena y deja que transcurran las cosas. No tiene sentido preocuparse por cosas que desconoces o que todavía no han ocurrido.

—Gracias, Rodhric. Estaré un rato más y volveré a casa.

Como de costumbre, el elemental desapareció en un parpadeo.

CAPÍTULO 3

Anochecía cuando Carlota volvió a entrar por la ventana. Su madre había dejado una nota sobre su escritorio: «Sé que no debimos hacerlo tan bruscamente pero no encontré una forma mejor de hacerlo. Tu padre está en casa, pero respetará tu espacio hasta que estés lista para escuchar su historia y la nuestra. Te quiero, hija».

Ahora además de confusa y cansada se sentía celosa. Durante toda su vida su madre había sido además su mejor amiga y ahora alguien a quien no conocía se estaba metiendo entre ellas sin aviso. Sería mejor que se fuese a dormir. Se comió el sándwich de queso que la bruja de su madre le había dejado junto a la nota, se aseó y se metió en la cama. Al fin y al cabo, el sol, mañana volvería a salir.

Ya estaba bien entrada la mañana cuando Carlota salió de su habitación, mirando hacia un lado y otro y esperando no encontrarse con aquel señor que decía ser su padre.

—Buenos días, hija —dijo su madre desde la cocina. —¿Estás bien?

—Creo que sí. De todas formas, espero que me expliques muchas cosas y aviso ya que no lo consideraré mi padre hasta que se lo haya ganado.

—Él lo sabe y yo también. —Sarah conocía muy bien a su hija y no esperaría menos de ella. Una de las cosas que siempre quiso es que tuviese criterio propio y cada día le demostraba que lo había conseguido.

—Pues empieza.

—Nunca te he escondido cuánto quería a tu padre y siempre traté de hacerte ver que si se fue era porque tenía una buena razón. Cuando nos casamos yo sabía que formaba parte de la orden encargada de preservar el conocimiento de los brujos antiguos, al servicio del Gran Aquelarre, y que no siempre el trabajo era sencillo.

—Cuando yo conocí a tu padre él ya estaba siendo entrenado para entrar en la Orden así que yo sabía que no sería fácil, pero decidí vivir con él, a su lado, todo lo que pudiera. Y no me arrepiento de ninguno de los días que he vivido desde que lo conocí hasta ahora mismo.

»Tenías apenas tres años cuando tu padre salió a la misión que lo alejaría de nosotras durante tantos años. Apenas pudo hacerme llegar la carta que conoces para que supiera que volvería y que nos querría siempre. El corazón se me partió en dos aquel día. Sentí tanto dolor que creí que moría. Pero tú seguías conmigo y tenía que vivir por ti, el regalo más grande que tu padre me había hecho. Así que me aferré al amor a mi preciosa e inteligente hija y a mi fe en volverme a encontrar a tu padre y seguí adelante. Hasta hace una semana.

»Ver a mi Amor delante de mí dolió tanto como el día que

lo perdí. Al desvanecerme, tu padre asustado me tomó en sus brazos y nos llevó a un rincón al que solíamos ir cuando os conocimos. Allí me contó todo lo que había pasado… y lloramos… y nos achuchamos mucho.

—¡Mama! —La cara de repelús de Carlota contrastaba con la luz radiante que emanaba la de Sarah.

—Está bien —dijo sonriendo.

Carlota tenía un montón de información que procesar. Pero en ese momento solo tenía una pregunta en la cabeza.

—Mamá.

—¿Si, hija?

—¿Qué va a pasar ahora?

—Que volverás a conocer a tu padre y, si tú quieres, volveremos a vivir los tres juntos. Pero no tengamos prisa. Él también está nervioso. Hace más de diez años que no te ve y no está muy al día. Todos tendremos que poner un poco de nuestra parte.

—Mamá, creo que hoy me voy a saltar las clases.

—Está bien, hija. Me voy a trabajar. Si necesitas algo, llámame. Te quiero, hija.

—Te quiero, mamá.

Cómo su madre le enseñó, de nada sirve dejar pasar el tiempo esperando que se arreglen las cosas por sí solas, porque con suerte lo único que consigues es que no empeoren, así que a media mañana Carlota llamó a Sarah para decirle que quería que le contasen todo lo que tenían que contarle esa misma tarde.

Y a las seis de la tarde apareció Carlos, su padre desaparecido durante toda su infancia. Ahora entendía de dónde le venía el pelo rojo y el nombre. La primera vez que lo vio no reparó en su pelo porque, ya poblado con muchas canas no se veía a simple vista. Sus ojos parecían pedir perdón cuando la miraba a ella y morir de amor cuando miraba a su madre. Eso desconcertaba a Carlota. Las relaciones de los adultos todavía se le escapaban y no alcanzaba a entender cómo podían mirarse así después de tantos años sin verse.

—Hola, Carlota.

—Buenas tardes. —Carlos se sintió triste por la frialdad de su hija pero no podía reprocharle nada. Ella no le recordaba. Todavía era un bebé cuando él salió de casa para no volver en años, precisamente para asegurar la vida de ese ser que había entrado en la suya para cambiarle la forma de ver las cosas.

—He traído algo para cenar del Dino's. —Sarah, a pesar de su carácter sereno, no podía evitar los nervios de reunir a las dos personas más importantes de su vida por primera vez—. He traído pastel de queso y cebolla para ti, hija.

—Gracias, mamá. —El silencio empezaba a pesar mientras ponían la mesa así que Carlota abrió la conversación de una vez. —¿Por qué te fuiste?

A pesar de estar en tensión por lo que esperaba, la forma directa de Carlota le sorprendió. Carlota sabía de su trabajo, pero evidentemente no era consciente de la envergadura y el peligro de los asuntos de los que se ocupaba, así como del peligro que acechaba a su familia en aquella ocasión.

—Sé que tu madre te ha contado que pertenezco a la Orden, pero no pudo contarte, porque no lo sabía, porqué pasé tantos años alejado de vosotras. La misión en la que trabajaba entonces se volvió peligrosa, no solo para mí. Y no podía dejar que eso pasara. Estaban a punto de descubrir donde me refugiaba cuando no estaba de misión y eso los hubiese llevado hasta Renedo así que tuve que irme para despistarlos y que no llegasen a mi familia. Ojalá hubiese podido al menos volver para despedirme. De hecho, estáis aquí porque queríamos asegurarnos de que no os relacionaban conmigo.

—¿Por qué vuelves ahora?

—Porque el peligro a pasado y me he retirado. Diez años lejos de vosotras son suficientes. Sabía de vosotras y sabía que no estabais solas, pero no podía haceros llegar noticias mías. Eso supondría que alguno de los nuestros tendría que acercarse a vosotras y poneros en riesgo de nuevo.

—Entonces, ¿no volverás a desaparecer?

—No, hija.

—No corras tanto. Después de tantos años no pretendas que sea como si no hubiese pasado nada.

—Lo entiendo —dijo Carlos con un ligero tinte de tristeza—. De todas formas, si necesitas que te ayude con esa física que tanto se te resiste puedo ayudarte.

Carlota lo miró con recelo.

—Siempre me preocupé por vosotras.

—¡Me has estado espiando!

—¡Nooo! Yo solo...

Carlota se levantó y se dirigió a su habitación hasta que su madre la paró en seco.

—¡Carlota! ¡Vuelve a la mesa! —Se quedó congelada. Su madre jamás le había hablado así. Nunca había sido una madre severa y la sorpresa la sumió en el desconcierto. Así que obedeció.

Más tranquila, Sarah, habló de nuevo a su hija.

—Sé que todo esto no es fácil para ti y siempre he respetado tus pensamientos y tus sentimientos, cómo voy a seguir haciendo porque confío en ti, pero no voy a consentir que le faltes el respeto ni a tu padre ni a nadie. Ahora si quieres irte a tu habitación, hazlo. Ya hablaremos mañana.

—Siento todo lo que ha pasado, Carlota —dijo Carlos.

Y sin más Carlota se levantó y se metió en su habitación, ya fuera de la estupefacción, con el ceño fruncido y muchas ganas de romper algo y llorar de impotencia.

CAPÍTULO 4

Roberto seguía desconcertado. Ni siquiera sabía por qué se había sentido atraído a seguir a aquella mujer desconocida porque, aunque ahora reconociese quien era, no sabía nada de ella. Algo lo arrastraba hacia ella y su razón luchaba contra su intuición. Aquello no estaba bien, no era racional ni sensato. Nada allí era normal.

—¿Comemos en la terraza? —Carlota apareció de pronto de no sabía dónde. El solo pudo encogerse de hombros y asentir—. Gracias, Isabelle. Eres un amor.

—Y tú, un mal bicho. ¿Está bien? Te dije que lo asustarías.

—Está bien. Solo necesita un poco de tiempo para procesar y recordar lo que le enseñé de pequeños.

—¿Está soltero?

—¡Isabelle!

La mujer empezó a reír discretamente.

—Llevas mucho tiempo sola y Ágata te hizo mucho daño. Si vuelve a aparecer le arrancaré el pellejo a tiras.

—Hola. Soy Roberto y no acostumbro a que hablen de mí

como si no estuviera.

—Perdona, Roberto. Esta moza y yo tampoco acostumbramos a tener visita. Encantada de tenerte aquí. —Isabelle sonrió— A partir de ahora seremos más discretas. Carlota, ayúdame a traer la comida, por favor. —Y guiñando un ojo a Roberto salió hacia la cocina. Carlota, claramente sofocada, la siguió.

Isabelle era una mujer alta de unos cincuenta años y todavía de muy buen ver. Se recogía el pelo en una especie de moño alto y vestía vaqueros y una camiseta. Parecía una mujer inteligente. Carlota había dicho que era su asistente, pero parecía algo más que alguien que se ocupa de la casa y de hacer la comida.

—Yo ya he comido así que os dejo solos. Echaré una siesta mientras habláis. Encantada de conocerte, Roberto.

—Eh… Mucho gusto.

—Pórtate bien, Carlota.

—Lo intentaré.— dijo ésta resoplando.

Isabelle desapareció sin que Roberto apenas pudiera darse cuenta.

—Vamos a sentarnos —dijo Carlota.

En aquella terraza soleada en medio de la campiña francesa se desplegaba una mesa llena de viandas de todo tipo: fruta fresca, quesos de todas clases, ensaladas, revueltos… y todo olía divinamente.

—¿También es bruja? —dijo al darse cuenta de que ya no estaba.

—Si. Y también pertenece a la Orden pero ella se ocupa de la logística.

—Dijiste que trabajabas sola.

—Y así es. Cuando estoy sobre el terreno. No puedo contactar con ella salvo cuando estoy en mi nave.

—¿Qué es eso de la Orden?

—La inquisición, a pesar de lo que pueda parecer, sigue en activo, no ya para preservar la fe católica como antaño, sino para hacerse con la sabiduría que las brujas y los brujos guardaban. Tener fe en lo que no vemos hizo que empezáramos a estudiar los fenómenos naturales cuando el resto del mundo todavía no estaba preparado para saber cosas que sus mentes cerradas no podrían entender. Fueron ya los alquimistas los que decidieron crear la Orden y el Gran Aquelarre. Hoy en día la Congregación para la Doctrina de la Fe sabe que todo tiene una explicación, aunque ni la ciencia sepa cómo explicarlo ni nosotros tampoco y prefieren ser ellos quien ostenten ese conocimiento para poder controlarlo, mantenerlo en la oscuridad si les es beneficioso y utilizarlo a conveniencia.

—¿Por qué tu nave me recuerda a la Tardis del Doctor Who?

—Porque la idea sale del mismo sitio. No hay nada que se pueda imaginar que no se pueda llevar a cabo. Otra cosa es la conveniencia o no de ello. Por cierto, es inteligente. Rodric te ayudará si lo necesitas.

—¿Le has puesto nombre?

—La gente pone nombre a montones de cosas absurdas. ¿Y cómo voy a comunicarme con él si no?

Era lógico, pensó Roberto. La verdad es que sentía que todo iba a ser muy complicado ya que había montones de cosas que no entendería.

—¿Qué se supone que tengo que recordar?

—Recuerdas el Libro de Sombras de mi madre.

—¿Aquel libro gordo que ocupaba solo la estantería de la sala de estar?

—Justo ese. ¿Y recuerdas que te dije que era?

—No.

—Ahí vamos. —Carlota tomó aire y empezó— Cada uno de nosotros, los brujos, tiene el suyo. En ellos recogemos, no solo aquello que la gente espera encontrar, como conjuros, hechizos y recetas de pociones. También recogemos en ellos nuestro día a día, posibles objetos de estudio, experimentos que hayamos realizado, impresiones y observaciones que hacemos en cuanto a la naturaleza y a aquello que nos rodea. Así fue como Leonardo imaginó sus artilugios, como Julio Verne creyó en que el hombre llegaría a la luna y como en el CERN saben, gracias a la imaginación de H.G. Wells y desde hace algunos años lanzando neutrinos de Suiza a Italia, que se puede viajar en el tiempo. Los iluminados literarios no lo son al azar. Entre nosotros también hay gente con talento artístico y a veces el mundo necesita un poco de luz, aunque sea solapadamente.

»El Gran Aquelarre tiene sus propios centros de investigación pero todavía quedan muchos de los libros de sombras de los antiguos brujos esparcidos por el mundo y hay que recuperarlos. Y a eso es a lo que yo me dedico, a buscar y encontrar aquellos que no pudieron ser entregados a la Orden o cayeron en manos inadecuadas.

—¿Y qué pinto yo en todo esto? —preguntó Roberto.

—Tú conoces la abadía y los planos de la antigua configuración. Podrás guiarme por ella y llevarme hasta el libro que estoy buscando.

—Revisé mil veces el catálogo de ese archivo y créeme que si ese libro de sombras hubiese estado allí lo hubiese encontrado.

—A no ser que ya no estuviera porque alguien se lo llevó.

Por eso es tan importante el tiempo al que vamos a recuperarlo.

Roberto asintió. La respuesta era obvia si lo pensaba bien. El problema es que toda aquella información le estaba abrumando. Apenas había probado bocado a pesar de lo sugestivo de todo lo que había sobre la mesa.

—¿Estás bien? —Carlota era consciente de lo que significaba semejante descarga de ideas en apenas un par de horas. Pero no había tiempo que perder.

—Si —dijo Roberto distraído.

—Te puedo dejar un rato a solas si necesitas pensar.—No es necesario. Ya paso suficiente tiempo solo, pero si necesito tiempo para pensar.

—¿Un té negro? —dijo Carlota sonriendo.

—Con un poco de leche y azúcar moreno, por favor.

—Claro. Vuelvo en un momento.

Roberto se sintió solo de repente. Hacía demasiado tiempo que no buscaba la soledad deliberadamente. Vivía solo, trabajaba solo, viajaba solo…. No es que no fuera sociable, pero se había acostumbrado a ser tan independiente que ya no tenía que alejarse para estar consigo mismo porque ya nadie lo llamaba más que para cumplir o para asistir a eventos de viejos amigos. Y sin embargo aquella muchacha había llenado tanto ese hueco en tan poco tiempo que de repente se sentía extraño. Recordó aquellos días de verano de la infancia y que nunca la vida había sido tan interesante como entonces.

Y no necesitó más para decidirse.

—Solo tengo leche de avena. Me temo que tendrá que bastar —dijo Carlota apareciendo de repente.

—¿Siempre vas a hacer eso?

—¿Qué?

—Aparecer de la nada.

Carlota rio sin un ápice de decoro –Es un don que tengo. No lo puedo evitar. El sigilo es mi superpoder.

—Es una buena baza cuando te dedicas a colarte en sitios peligrosos para robar libros. —Roberto no pudo evitar contagiarse de su alegría.

Carlota puso sobre la mesa del otro lado de la terraza la bandeja en la que traía las infusiones y acercó el té a Roberto, un té negro y especiado, y se sentó en el balancín con su propia infusión. Durante unos minutos el intentó probar a Carlota, retándola a romper el silencio, pero después de observarla durante rato entendió que respetaría sus tiempos. Sin duda sería una gran compañera.

—Iré contigo. Pero necesitaré más información de la que me has dado.

Con brillo en los ojos Carlota respondió— ¡Hecho!

CAPÍTULO 5

Durante toda la tarde Carlota informó a Roberto del plan que había trazado para entrar en la Abadía, buscar el libro y salir de allí interfiriendo lo menos posible. Isabelle había aparecido poco tiempo después con una tableta en la mano en la que se encontraban los planos, los horarios de los monjes, las costumbres de aquellos con los que se pudieran cruzar y los pecados en los que cada uno de ellos podría dejarse caer. Había que reconocer que Isabelle era una preparadora muy concienzuda.

—Carlota será una tabernera que sustituirá a la que suele subir a la abadía a llevar el pan y la leche por la tarde. Estará enferma así que no le molestará que la sustituyan. A los monjes no suele importarles quien haga el trabajo mientras se haga. Ya está todo listo. También os he dejado preparado el vestuario. Me temo, querido Roberto que tendrás que dejar todo lo que pueda ser anacrónico aquí: el reloj, el móvil, ... Cualquier cosa pequeña que se te pueda olvidar dejar antes de salir de Rodric.

—Eso ha sonado bastante raro.

—Ya te acostumbraras. —Isabelle parecía de vuelta de todo—. Este —dijo señalando al plano de la abadía— será el punto en el que apareceréis.

—Conozco ese pasillo. Da directamente a la cocina. Cuando trabajaba allí descubrí ciertos pasadizos que llevaban de la abadía al pueblo. Podríamos dejar a ¿Rodric? en uno de ellos.

—Eso tiene dos problemas —dijo Carlota—. Si no contamos con las coordenadas exactas podríamos vernos atrapados dentro de una pared, lo que da muchos problemas, te lo puedo asegurar, y nunca dejaría a Rodric en un pasadizo como ese. Por intransitados o intransitables que parezcan siempre hay alguien que os conoce o los usa. Igual que tú. Y no sabemos con quién nos podríamos encontrar.

—Podríamos dejarlo extramuros. Uno de los túneles llega hasta la bahía, aunque está a salvo en caso de que suba la marea. Y por ese podríamos conectar con la abadía y con el que lleva a la biblioteca.

—Te dije que nos vendría bien, Isabelle.

Carlota se sentía orgullosa de su decisión. Isabelle había sido reticente a la incorporación del eventual miembro del equipo. No era la primera vez que se exponía a la traición de alguien cercano y no bajaría la guardia ante quien podía echar a perder la misión y poner en peligro a su niña.

Isabelle era una mujer madura y curtida por el tiempo que pasó como agente de campo. Además, se dedicaba al trabajo sucio, a abrir caminos a agentes como Carlota. Había sido más bien un mercenario. Pero como todos, en algún momento de la vida, necesitaba un descanso a tanta crudeza como le había tocado vivir. Había pertenecido al mismo grupo que el padre de Carlota y se habían hecho grandes amigos. El apareció cuando más hundida estaba, justo después de que la persona en manos de quien había puesto su vida la dejara abandonada en plena misión por pura codicia.

Salir de aquello los unió tanto que cuando Carlota se introdujo en la Orden, Isabelle se decidió a convertirse en mentora y compañera de la hija de su amigo. El cariño y la gratitud convirtieron a las dos mujeres en inseparables guardianas a la una de la otra. Carlota siempre creyó que Isabelle se había enamorado de Carlos, pero el amor fraternal que los unía era más grande que un enamoramiento. Sabía de Sarah y el profundo amor que le profesaba y en el fondo era más envidia lo que sentía cuando Carlos le hablaba de ella.

Isabelle estaba infiltrada como doncella de la Reina Isabel I. Su misión era averiguar donde se encontraba el libro de sombras de una bruja que había desaparecido sin rastro alguno. Esta bruja también había sido doncella de la reina y ni siquiera tenían idea de que había sido de su cuerpo. Se había esfumado. Esta bruja se ocupaba en ocasiones de hacer ungüentos, pomadas y brebajes para la reina como suya había sido la idea de convertirse en la reina virgen y sacar partido a la agenesia vaginal que tantos dolores le producía. La reina era su aliada puesto que se había convertido en su confidente. Pero al parecer otra de las doncellas había sido seducida por la idea de poder que asumía le daría la sabiduría con la que la bruja contaba.

Christine, una doncella joven y recién llegada a la corte, había conseguido convertirse en la ayudante de Marian cuando preparaba los remedios para la reina. Marian creyó ver en ella a la discípula que no tendría por linaje de sangre, aunque afortunadamente no llegó a mostrarle suficiente como para poner en peligro a al Gran Aquelarre y al resto de las brujas. Cuando Isabelle llegó a la corte y se puso al servicio de la Reina, Christine palideció. Esperaba ocupar el puesto de Marian. Codiciosa como era no podía soportar que Isabelle se hubiese convertido en la mano derecha de la mujer más poderosa de Inglaterra así que estaba dispuesta a cualquier cosa.

A pesar de ser fría cuando era necesario un corazón hambriento y amor y lleno de soledad ocupaba el pecho de Isabelle y en él hizo presa Christine. Poco a poco fue metiéndose en su vida diaria y en su cama y cuando ya no quedó más que destapar consiguió algo más suculento que un puesto en la corte. Un amanecer en sus brazos, Isabelle le contó que buscaba. Al día siguiente, se encontró sola en la cama. No le dio mucha importancia al principio hasta que recordó lo que había oído medio en sueños: «Lo siento, amor, pero tengo que encontrar ese libro y creo que sé dónde está». La había usado y pensaba tomar ventaja. No podía dejar que eso ocurriera, por su cabeza, la de la Orden y la de todas las brujas de la historia que habían dado su vida para que ahora una niñata pretenciosa jugara a las pócimas por puro ansia de poder. Cuando consiguió encontrarla, Christine se encontraba en la habitación que había pertenecido a Marian. Estaba arrodillada buscando bajo la cama. Había encontrado el libro de sombras. La mirada de desprecio con la que miraba a Isabelle consiguió que el corazón de esta se partiera en dos.

—Dame eso —dijo Isabelle con amargura.

—Esto me enseñará todo lo que debo saber para ser la mujer más poderosa de la corte.

—No sabes con que estás jugando.

—Sí que lo sé. Podré conseguir lo que quiera y quitarme de en medio a quien quiera. Como tú.

Isabelle no pudo contenerse más y se abalanzó contra ella. Nunca había sentido tanta rabia y tanto dolor. Con sus artes de asesino arrebató el libro a Christine y la redujo, pero el amor que ya había nacido en su corazón aflojó la presa, lo que permitió que se zafara propinándole una patada en la cara.

—Por favor, no lo hagas.

—¡Dame el libro! —*¿Cómo podía haber obviado el monstruo que su amante llevaba dentro?*

Con toda su furia, alimentada por la frustración de verse despojada de su trofeo, Christine se lanzó hacia Isabelle como una bestia que quisiera despedazarla y arrancarle la piel a tiras. Pero Isabelle, no queriendo hacerle daño, se limitó a apartarse y salió disparada por la ventana. Sin poder evitarlo corrió a la ventana, pero solo pudo asomarse para ver el cuerpo que antes había estado en su cama destrozado contra el suelo.

Isabelle, no podía con su dolor, abrazaba el libro en su pecho y se balanceaba como poseía repitiendo en su cabeza la imagen de la que la había traicionado sangrando destrozada a muchos metros de ella. Cuando llegaron a la habitación así la encontraron hecha un ovillo como poseída. Un hombre corpulento y pelirrojo la levantó del suelo y la llevó a no sabía dónde.

—Yo me haré cargo de ella. Su majestad está al corriente. —Eso era lo que había oído entre la bruma que nublaba su conocimiento.

Dos días pasó llorando, desgarrándose por dentro y solo descansando cuando ya no le quedaban fuerzas ni lágrimas en su cuerpo. Para cuando pudo volver a este mundo ya habían pasado varios días y ni siquiera sabía dónde estaba. Se encontraba en una cama amplia en una habitación que no conocía, pero si reconocía el blasón de la Orden en uno de los cuadros que colgaban de la pared. En cuanto intentó incorporarse el hombre pelirrojo apareció. La cabeza parecía estallarle.

—No te levantes tan rápido, mujer –dijo el hombre. Su cara le sonaba, pero no sabía de qué—. Soy Carlos O'Donell. Nos graduamos en la misma promoción. La reina se dio cuenta de que no estabas empezando a actuar de forma descuidada y nos informó. Hacía ya una semana que te seguía. Y no se equivocó

—Falle.

—No te tortures. Todos somos humanos por muy frío que queramos parecer, o seamos siempre podemos querer bajar la guardia.

—¿Cuál será la pena por mi descuido?

—Al parecer creen que ya te has torturado tú bastante. De momento necesitas un tiempo para recuperarte y decidir si te sientes capaz de continuar o no.

Isabelle no supo que más decir. Quizá si fuera cierto que necesitaba tiempo. Aun después de varios días sentía en carne viva su pecho y como su corazón luchaba por salir de la opresión que lo atenazaba.

—Intenta descansar ahora. Tomate esto y duerme. Mañana hablaremos.

Carlos le había traído un brebaje que la sumió en un sueño profundo y reparador durante lo que quedaba de día y toda la noche. Prácticamente estuvo inconsciente durante 24 horas.

Se despertó una mañana en la que le dolía todo el cuerpo, pero se propuso levantarse de la cama. Al lado derecho de ella se habría una puerta acristalada que daba a una pequeña terraza. Al abrir las puertas un profundo olor a espliego inundó su ser. Un gran campo de lavanda se presentaba ante ella. Todavía estaba amaneciendo, pero las flores ya empezaban a abrirse al calor del sol que nacía. Se dio cuenta que la habían bañado y la habían vestido con un pijama liviano y amplio. El tiempo estaba un poco fresco, pero reconocía que esa temperatura la revitalizaba.

—Buenos días —dijo Carlos con una sonrisa.

—Hola. Siento muchísimo todo esto. Supongo que no será agradable estar aquí de guardián.

—Solo están preocupados por ti. Todo ser humano, con más razón si hablamos de brujos como nosotros hemos sufrido por una razón o por otra, y todavía hay quien recuerda los tiempos de las cazas de brujas donde desgraciadamente muchos perdieron a madres, esposas, hijas, hermanas…. Y muchos reconocen que no fue justo para vosotras.

—No conozco a nadie que viviese esos tiempos. Crecí sola. Apenas recuerdo a mi familia.

—¿Cómo te sientes?

—Avergonzada, traicionada, rota, muy, muy dolida. ¿Cómo pude dejarme engañar?

—Todos nos hemos sentido así. Sé que sientes que no debiste mezclar el trabajo con el placer y el amor, pero no eres la primera ni serás la última.

Durante el mes que pasaron en aquella casa, en la región de Marsella, Isabelle y Carlos hablaron de muchas cosas. Carlos fue su paño de lágrimas, su desahogo, su psicólogo, su padre, su amigo y su instructor. Durante quince días estuvieron entrenado como en el campamento de instrucción. Isabelle había decidido volver a ser agente de campo, pero esta vez se encargaría del trabajo más sucio, de contactar, de investigar y limpiar el camino a los que luego se encargarían del trabajo más fino como sustraer los libros perdidos de lugares poco accesibles. El sigilo era un don que ella ya no quería usar. Eso la protegería de volverse vulnerable de nuevo.

Durante los años que siguieron Isabelle formó parte de la avanzadilla de las misiones, de los escenarios cruentos y las donas más duras. Y su corazón se volvió frio hasta que la chica pelirroja la conquistó con su frescura.

CAPÍTULO 6

Se pasaron toda la tarde planeando la mejor forma de actuar en la abadía. Los sándwiches que había sacado Isabelle había servido de soporte vital a modo cena así que cuando terminaron bien entrada la madrugada apenas si tenían ganas de tomar una infusión.

—¿Queréis algo? —dijo Isabelle.

—No te preocupes. Ahora iré yo a preparar algo caliente. Ve a dormir. Las personas mayores como tú no deberían estar despiertas a estas horas —dijo Carlota con sorna.

—Un respeto niña que puedo ser tu madre y todavía estoy en buena forma. Podría tumbarte y mantenerte en el suelo sin una gota de sudor antes de que pudieses ni siquiera darte cuenta y lo sabes.

—Sí que lo sé. Y también que me quieres muchísimo y que por eso me permites meterme contigo. –Carlota se acercó a ella y la besó en la mejilla—. Nos vemos mañana. Te quiero.

Mientras Carlota se adentraba en la cocina Isabelle se levantó.

—Está bien os dejare a los jóvenes solos y esta pobre vieja se irá a la cama. Supongo que tendréis muchas cosas que hablar. —De repente el semblante de Isabelle cambió y la jocosidad relajada de hacía un segundo se convirtió en oscuridad y fiereza—. Te estaré vigilando, mocetón. Si se te ocurre hacerle daño o ponerla en peligro te meteré la mano por la boca, te sacaré las tripas y se las daré a comer a los carroñeros. ¿Entendido?

—Entiendo. También quiero que entienda usted que siempre haré lo mejor para ella, que la protegeré con mi vida si es necesario y que para eso no necesito que me amenace.

—Creo que tú y yo nos llevaremos bien —dijo sonriendo de nuevo—. Aun así, no dudes de que me echaré sobre ti si te sales del redil.

—No lo dudo. Me alegra que haya tenido a alguien como usted cerca para cuidarla.

Carlota apareció de repente con dos infusiones.

—¿Todavía no te has ido? ¿Qué le has dicho? —dijo mirando a uno y a otro—. Ya te dije que confiaras en mí, Isabelle.

—Ya me iba. No te preocupes solo le he avisado… por si acaso.

—¡Isabelle!

—Sabes que lo hago y lo hare todas las veces que sea necesario. Me voy a dormir. Mañana por la mañana os veo antes de iros.

Carlota dio un beso dulce en la mejilla a su guardiana antes de que esta saliese por la puerta.

—Te quiere mucho.

—¿Le ha salido la fiera?

—Me temo que sí.

—No le tomes en cuenta las formas pero no dudes que ejecutará lo que quiera que te haya dicho si le fallas.

—No lo dudo.

—¿Te ha intimidado? —dijo Carlota con una sonrisa pícara.

—Lo hubiese hecho si dudara de mi intención de velar por ti, pero eso no va a pasar.

Carlota se sintió extraña de repente. Con el paso de los años y la soledad había empezado a idealizar al niño que estaba pendiente de ella intentando que no lo notara. Una vez en la Orden como agente operativo había empezado a monitorizar a Roberto como parte de su entrenamiento personal como analista de seguimiento. Lo que para el resto era un humano normal, para ella era un viejo amigo por el que sentía curiosidad después de tantos años. Ni siquiera se habían despedido, cosa que no parecía importante entonces. Lo primero era salir de Renedo, no sabía por qué, aunque si lo decía su madre con la cara de preocupación más inquietante que jamás le había visto sería por algo.

El día que tomaron rumbo a Irlanda, Carlota acababa de llegar de jugar con Roberto por el bosque cuando su madre entró en casa con la cara constreñida y la voz acelerada: «Recoge lo imprescindible, cariño. Tenemos que irnos». Un coche de los Armero-Medina las esperaba en la puerta para llevarlas al aeropuerto de Valladolid y para la hora de desayunar estaban instaladas en Kinsale, en una vieja casa reformada, que ya estaba preparada para recibirlas. Un hogar encendido calentaba aquella casa, aunque no podía camuflar la humedad de guardaba de estar años vacía. Aun así, estaba limpia y lista para habitar a pesar que se veía que algunos de los muebles necesitaban ser renovados.

—¡Hola! Soy Isabelle. —Así se había presentado en el aeropuerto de Cork. Aquella mujer joven y guapa tenía porte de guardaespaldas, o asesino a sueldo, pero una cálida sonrisa iluminaba su cara, mirándolas casi con cariño—. Os llevaré a vuestra nueva casa. Todavía necesita algunos arreglos por las prisas, pero yo me encargaré de todo. De todas formas, hoy podréis dormir tranquilas. Ya hablaremos de todo cuando hayáis descansado.

—Gracias, Isabelle. Me dijeron que podía confiar plenamente en ti. Y sé que si tú estás aquí es por una buena razón. —Sarah sonreía agradecida. Sin embargo, Carlota desconfiaba. Una cosa era tener fe ciega en su madre y otra que se fiase del resto del mundo por mucho que ella lo hiciera. Ellas eran una piña y así como su madre cuidaba de ella, ella cuidaba de su madre.

—¡Hola, Carlota! Vamos a ser grandes amigas.

—Ya veremos —dijo aquella chiquilla de ocho años que había sido sacada de su mundo conocido en plena noche para ir a parar a un lugar más frío y desconocido. Isabelle sonrió a la determinación, la independencia de la hija de su amigo.

—La casa ya está preparada para que podáis ir a dormir en cuanto lleguéis. Vamos. Tengo el coche fuera. —Isabelle las llevo hasta un coche oscuro, sin nada que lo hiciese distinguirse del resto, corriente, aunque evidentemente era un coche bien equipado. Carlota cayó dormida en cuanto se acomodó en el asiento trasero. —La niña perece muy despierta para su edad —dijo Isabelle a Sarah.

—Sí que lo es. Responsable, brillante e inteligente. Más de lo que debería. A veces me pregunto si no tendría que haber hecho o dejado de hacer algo para que fuese más niña.

—Seguro que no hay nada que hacer. Somos como somos y por los informes que me han dado tampoco hubo ninguna situación que la forzase a tomar responsabilidades que no le correspondieran. Y te quiere mucho. Se ve a la legua. Estoy segura de que sabrá defenderse cuando quiera y cometerá errores como todos aunque ella saldrá bien de todos ellos.

—Eso espero.

Llegaron a la casa e Isabelle les abrió la puerta. Era un pequeño cottage irlandés junto a uno de los paseos principales de Kinsale. Era cálido y la temperatura era agradable cuando entraron. Un fuego vivo estaba encendido en la chimenea del salón que era el centro de la casa.

—Las habitaciones están arriba. Yo me quedaré aquí hasta que estéis instaladas.

Dormid tranquilas esta noche. Ya iremos arreglando cosas.

—Mamá, ¿puedo dormir contigo esta noche?

—¡Claro, cariño!

—Subiendo la escalera a la izquierda está la habitación de tu madre y enfrente la tuya —dijo sonriendo Isabelle—. Voy a por las maletas y os las subo.

Mientras Isabelle salía al coche para recoger las maletas Sarah subió con su hija a la habitación que suponía ocuparía por mucho tiempo. Era una estancia acogedora y decorada con gusto, aunque Sarah necesitaría de algunas semanas para convertir aquella casa en su hogar.

—¿Quién es esa mujer, mama?

—No la había visto nunca, pero los amigos que me avisaron de que teníamos que mudarnos me dijeron que podíamos confiar en ella. Que nos cuidaría. Y mi intuición me dice que será una buena amiga para nosotras. Ya sabes que mi intuición no suele fallar.

—Si tú lo dices, mama. Pero no te preocupes yo cuidaré de ti.

—Y yo de ti, amor mío. Ahora metete en la cama que vengo enseguida. Voy a subir las maletas y en dos minutos estoy contigo.

—Vale, mama. —Carlota callo dormida antes de que su madre saliese de la habitación. Isabelle ya había entrado las maletas, solo un par de ellas para coger lo justo. Afortunadamente Sarah había enseñado que las cosas son solo cosas y que no podían permitirse apegarse a ellas.

—Si necesitáis algo estaré leyendo aquí abajo. Yo dormiré en la habitación de abajo mientras os adaptáis a esto.

—¿Podríamos hablar un momento ahora que mi hija duerme?

—¡Claro! Lo que quieras.

—Los amigos que me avisaron me dijeron que confiara plenamente en ti.

—Me alegra eso. Supongo que conocerán mi hoja de servicio

—No fue eso lo que percibí. Sentí que había algún tipo de lazo que no pude llegar a esclarecer y no era con ellos sino con nosotras. ¿Por qué?

Isabelle suspiró. No podía contar mucho pero tampoco quería mentir a la mujer de su amigo—. Tengo un amigo por quien daría la vida porque salvó la mía y él quiere a alguien con vosotras que os proteja como a él mismo.

—¿Él está bien? —dijo Sarah con un nudo en la garganta.

—Está bien, pero por vuestro bien y el de él no puedo decirte más.

Sarah rompió a llorar. Saber que Carlos estaba bien no era suficiente para el vacío que sentía desde que él se fue, pero tendría que conformarse. Isabelle no pudo evitar sentir empatía por ella y se acercó a la mujer de su amigo para abrazarla. Y al hacerlo entendió por qué él la adoraba. Era dura e independiente, inteligente, metódica y práctica pero no se avergonzaba de su vulnerabilidad cuando se sentía segura. Ella también deseaba encontrar una mujer como aquella.

—Os adaptareis enseguida. Carlos estaría aquí si pudiera, pero todavía es peligroso. Por eso habéis venido a Kinsale. Y yo estaré aquí para ayudaros. No te preocupes.

—Carlos me habló de esta casa. No la desconozco del todo. Quería volver aquí cuando nos jubiláramos —dijo con una sonrisa triste— La casa pertenece a su familia.

—Mañana será otro día, Sarah. Estarás cansada y tendremos cosas que hacer cuando os levantéis.

—Está bien. Muchas gracias, Isabelle. Si Carlos te envió con nosotras será porque confía mucho en ti.

—Que descanses.

—Que descanses tú también.

Sarah dio un beso en la mejilla a Isabelle y volvió a la habitación con su hija. Cuando entró Carlota estaba hecha un ovillo abrazando la almohada y durmiendo como un tronco. Al meterse en la cama la pequeña pelirroja se movió como accionada por un resorte cambiando la almohada por su madre que no pudo evitar derretirse de amor por ella.

CAPÍTULO 7

Entraron por el estrecho túnel desde la bahía. Era oscuro y húmedo. El vestido de monje y ella vestida como la tabernera que se suponía que era. Roberto no se había dado cuenta de lo exuberante que se veía y estaba seguro de que era con toda la intención. Sabía de las flaquezas de los monjes de ese tiempo ya que no todos estaban allí por vocación cristiana. En un mundo en el que era difícil sobrevivir y encontrar sustento la vida religiosa, aunque no aseguraba nada hacía más accesible al menos tener un sitio donde dormir bajo techo y tener un trozo de pan que llevarse a la boca. Eso los hacía vulnerables a los deseos libidinosos.

Algunos de hechos contaban con amantes reconocidas e incluso se sabía de su gusto no demasiado corrientes. Uno de ellos fray fulanito de tal era conocido por su inclinación a la dominación y el sadismo. Era el bibliotecario mayor de la abadía y por ello contaba con ciertos privilegios.

En uno de los momentos en que disfrutaba de sus placeres inconfesables Roberto y Carlota entraron en la biblioteca.

Margarita, una de las jóvenes del pueblo se encontraba colgada del techo desnuda y atada con cuerdas de cáñamo. La figura del monje se recortaba del gran fuego que calentaba la estancia mientras decía algo al oído de la joven. El monje contaba con bastantes más años que ella que parecía rendida a su dominio.

Roberto no podía creer lo que estaba viendo, aunque estaba avisado de que no podía interactuar con las personas que se encontraran pero se resistía a no hacer nada. Mientras Carlota lo miraba fijamente con curiosidad como si lo escrutara para entrever que sentía viendo aquella escena.

—No te preocupes. Ella está bien —le dijo Carlota.

—Pero está ahí colgada como un jamón.

—No solo está bien. Lo está disfrutando. Fíjate bien.

—¿Cómo vamos a entrar en la biblioteca mientras ellos juegan ahí en medio?

—No vamos a entrar en la biblioteca. Sé que él tiene el libro de sombras que buscamos, pero no está en el Scriptorium sino en su celda que se encuentra en el piso superior al lado del refectorio. No iba a dejarlo a la vista de cualquiera y nadie se atrevería a entrar en su celda. Te aviso ya no te asustes de lo que veas. Más que una celda es una mazmorra donde suele tener sus encuentros, pero supongo que hoy hace demasiado frío para la celda.

—¿Y cómo es que no se corta? ¿Aquí en medio?

—El bibliotecario es casi más poderoso que el Abad. La biblioteca y la producción del Scriptorium es la base económica de la abadía.

Roberto empezó a mirar la escena con otros ojos. Un golpe sordo sonó en la galería en la que se encontraban. Por puro instinto cubrió a Carlota con su cuerpo dejándola emparedada entre él y el frio muro y aun así solo sintió el calor que el irradiaba. El fraile bibliotecario miró hacia la galería. No podía verlos desde donde estaba y aun así Roberto seguía aplastando a Carlota con su cuerpo. El miedo de que pudieran descubrirlos y poner en peligro la vida de Carlota lo atenazaba. No recordaba haberse sentido tan responsable de alguien desde que su amiga de la infancia trató de hacerle creer que no sabía nadar.

Escondidos en un hueco del muro vieron a salir al fraile bibliotecario con cara de pocos amigos y dejando a la joven desnuda colgando frente al fuego.

—¿Y ahora qué? –dijo Roberto.

—Esperaremos a que vuelva para tenerlo controlado —dijo Carlota mirando hacia arriba.

Roberto se volvió y miró a los ojos de Carlota. Veía algo en ellos, pero no podía asegurar que era. ¿Excitación? La verdad es que la situación era bastante excitante por que podían descubrirlos, pero no era eso. ¿Era por él? Es cierto que aquella chiquilla se había convertido en una mujer preciosa, que nunca había terminado de olvidarla, que era tremendamente interesante e inteligente, pero hacía mucho tiempo que no se veían, no se conocían y sin embargo parecía que no había pasado el tiempo. Tenía que averiguar que pasaba por la cabeza de ella y probó. Se acercó a ella y observó como la respiración de ella se aceleraba ligeramente y sorprendentemente la suya también.

Por un momento se quedaron mirándose a los ojos, como si el tiempo se hubiese parado. Y todas las sensaciones de la infancia, la complicidad, la alegría, la libertad, el sentirse protector y protegido volvieron a Roberto.

De repente, el fraile bibliotecario volvió a irrumpir en la

sala.

—Son como corderos sin pastor. Por dónde íbamos.

Roberto y Carlota se compusieron.

—No me sueltes—dijo Carlota, y con un gesto de su mano Roberto dejó de verla, aunque seguía sintiendo como lo asía con la otra tirando de él hacia las escaleras que llevaban a las celdas de los monjes. Aunque no podía creer lo que estaba ocurriendo Roberto no se atrevió a abrir la boca. La escarpada escalera llegaba directamente al Refectorio donde los monjes encargados de la cocina acababan de recoger los restos de la temprana cena. Cruzaron por el gran comedor hasta que llegaron al corredor donde se alineaban, a un lado y a otro, las celdas iguales donde los monjes pasaban las noches y los momentos de retiro que no pasaban orando en la capilla.

—Ahí está la que buscamos.

Al final de un sombrío pasillo solo alumbrado por algunas antorchas se encontraba la celda que buscaban. No fue difícil entrar. En aquellos tiempos no había más que cerrojos de madera para cerrar las puertas y no les quedaba más remedio que confiar los unos en los otros. A pesar de todo no había mucho que robar o curiosear en un a abadía como aquella. A excepción del libro de sombras encontrado por el bibliotecario. A la muerte del monje boticario todos sus libros fueron recogidos por el resto de los monjes, libros preciosos e ilustrados, como el «De materia médica» de Dioscórides, y entre todos ellos el propio libro de sombras del boticario. El boticario había sido un gran brujo, experto en el uso de las hierbas y los minerales, un alquimista, un médico, y un conocedor innato del manejo de las energías de la naturaleza. Su vocación no era religiosa y mucho menos católica, pero si encontraba en el orden de la vida religiosa una situación adecuada al cultivo de su espiritualidad y la oportunidad de la experimentación científica como boticario de la abadía.

Aquel libro negro había llamado la atención del bibliotecario. Hablaba de las fuerzas de la tierra y de la luna, de la energía vital de las plantas y de la vibración de las piedras y los colores. Un sinestésico que podía sentir las cosas como pocos y algo que raro como es ahora sería quemado en la hoguera porque las mentes de aquél tiempo no hubiesen sabido apreciar ni entender. Pero hasta ahora la Orden no había tenido conocimiento del libro hasta que Roberto había dado con él y a pesar de que él ni lo recordaba.

—Según nos han informado guarda el libro a la vista. ¡Y aquí está! —dijo Carlota como si hubiese encontrado un tesoro.

—Pero yo conozco ese libro —dijo Roberto—. Lo tuve en las manos cuando estuve aquí con la beca, pero no me pareció especialmente llamativo. ¿Cómo es posible? Estuve buscando un libro de esos durante años. Recordaba recurrentemente lo que me dijiste sobre el libro de tu madre y cada vez que tenía la oportunidad de ir a un archivo nuevo hurgaba a ver si encontraba algo parecido para averiguar que había en sus páginas.

—Lo protegió.

—¿Cómo?

—Luego te lo explicaré. Ahora vamos a salir de aquí.

Salieron al corredor de nuevo y bajaron por la escalera hasta el Scriptorium donde la escena del bibliotecario y su sumisa seguía su curso, totalmente ajena a los movimientos de la bruja y su amigo. Pero estos no lo eran tanto a la escena durante unos minutos Roberto fijó su mirada en ellos mientras Carlota la fijaba en él. Escondidos tras un pilar en el corredor en el que acababa la escalera estuvieron hasta que Carlota los sacó a ambos de su ensimismamiento. Tenían que salir de allí.

—Roberto —dijo susurrando—, se te ocurre otro lugar por donde salir sin tener que pasar por ahí. No creo que tenga voluntad ahora mismo para volvernos invisibles de nuevo.

Sin decir nada Roberto se volvió hacia Carlota mirándola directamente a los ojos y ella sintió un escalofrío recorrer su cuerpo. Su yo sumiso reaccionaba. Y   Roberto cambió su gesto de repente, como si hubiese tenido una epifanía. Sujetándola esta vez él a ella volvió a arrastrarla escalera arriba hacia una pequeña celda que había al final del pasillo en el que estaban las todas las celdas. Roberto recordaba haber leído en alguno de los tomos que poblaban la biblioteca de la abadía la historia de un gran boticario que había habitado esa celda y que había ingeniado un sistema para bajar directamente a la botica. Estaba visto que intentaba relacionarse con el resto de sus hermanos lo mínimo imprescindible. El sistema en cuestión era lo que hoy llamamos un montacargas y era poco probable que hubiese alguien en la botica porque no hacía mucho de la muerte del boticario y todavía no lo habían remplazado. El mecanismo estaba en perfecto funcionamiento así que tomó a Carlota por la cintura y la introdujo con el hueco de donde colgaba aquella plataforma. Su propio peso hizo que se deslizara rápidamente hacia abajo, aunque algo los amortiguo al llegar a su destino.

—Desde aquí quedan unos metros hasta donde dejamos a Rodric pero habrá que ir por la falda de la montaña. ¿Cómo se te da la escalada? —dijo sonriendo de nuevo.

—Divinamente, claro.

—Vamos allá entonces.

Primero salió Roberto por aquel ventanuco u una vez fuera tendió su mano a Carlota y una vez encaramada al alfeizar la tomó por la cintura y la sacó afuera. Afortunadamente la marea seguía baja pero la ladera era bastante escarpada. Roberto siguió a Carlota hasta la nave sin quitarle ojo de encima. No solo se preocupaba por ella, sino que ahora estaba intrigado por saber qué había sido eso que había sentido al ver la escena del Scriptorium. Y mientras vigilaba sus pasos observaba su cuerpo y sus movimientos. Segura de sí misma como siempre, aunque había visto algo más en sus ojos cuando lo ha sacado de la visión sensual que lo había hipnotizado. Rendida. Esa era la sensación que tenía. Pero eso no tenía mucho sentido en Carlota. Cuando se dio cuenta ya estaban a las puertas de Rodric.

—Vámonos antes de que suba la marea. —En cuanto entraron Carlota se dirigió a los mandos de la nave y lo mandó a través del tiempo y del espacio a la pequeña casa rustica de Marsella, en el campo de lavandas.

CAPÍTULO 8

El trayecto no duró mucho, pero ambos se sintieron un poco tensos pero el cansancio solapó cualquier otro sentimiento escondiéndolo para los dos y haciéndoles más fácil justificar el silencio.

Media hora más tarde llegaban al salón de su casa. Carlota había enviado un mensaje a Isabelle una vez que entraron en Rodric así que cuando salieron al salón tenían la mesa puesta y esta salía de la cocina con una empanada de tomate y soja.

—Me alegra veros sanos y salvos. ¿Cómo ha ido?

—Bien— dijo Carlota sonrojándose.

Isabelle que la conocía mejor que nadie desconfió.

—No me gusta ese «bien». ¿Y qué tienes tú que ver en eso? —dijo señalando a Roberto que no sabía exactamente la respuesta a esa pregunta.

—Estamos bien, de verdad, Isabelle. Solo un poco cansados. La misión ha sido fácil pero hemos acabado con una escalada por el monte Saint-Michel. Mañana estaremos mejor cuando descansemos.

Isabelle tenía muchos dones, pero el escrutinio de las emociones ajenas (y a veces hasta las suyas) no era lo suyo. Sin embargo, conocía lo suficiente a Carlota como para darse cuenta de lo que ocurría. Al menos estaba segura que algo había ocurrido entre ellos aunque no sabía hasta dónde.

—¿En serio? ¡Carlota!

—No digas nada que nos conocemos. Mañana hablaremos.

—¡Desde luego que sí, señorita!

—Isabelle, tengo 35 años. Te quiero muchísimo, pero ¿crees que podrás aguantar hasta mañana?

—¿De verdad, quieres darme tiempo para pensar el chorreo que te voy a echar?

Mientras Roberto asistía a la escena familiar sin entender nada seguía intentando averiguar que tendría que ver el con todo aquello.

—Roberto, empieza a cenar si quieres. Creo que tardaré un rato.

Carlota desapareció por la puerta de la cocina mientras Isabelle la seguía con la mirada fija en Roberto.

Pasó más de media hora desde que lo habían dejado solo hasta que Carlota había vuelto al comedor donde se encontraba la mesa puesta.

—¿Va todo bien? —le preguntó Roberto.

—Si —le respondió sonriendo— Isabelle conoce mis peores miserias y me quiere mucho así que intenta que no vuelva a tropezar en la misma piedra. Hace mucho años que cuida de mí y en ausencia de mi madre no puede evitar ocupar todo el hueco —dijo riendo—. No te preocupes ya he hablado con ella.

—¿Y qué parte juego yo en todo esto?

—Cree que corro peligro de enamorarme de ti y ensimismarme contigo.

—¿Cómo?

—Hace tiempo que empecé a buscar información actual sobre ti. Al principio porque recordaba nuestra infancia y después por todo lo que te dije ayer: mi confianza en ti, tu competencia en el trabajo y algunos otros talentos y porque estaba cansada de tener que andar con un ojo vuelto hacia el cogote. Recordaba con mucho cariño aquellos días cuando, de pequeños, jugábamos en el bosque y tú me seguías la corriente y te preocupabas por mí.

—Se te veía siempre feliz y sabía que no te gustaba tener carabina.

—Pero para mí era importante que tú estuvieras allí. Te eche mucho de menos cuando nos fuimos a Irlanda. El caso es que Isabelle también sabe que mi historial amoroso es un desastre.

—¿Hablamos de la tal Ágata?

—Principalmente. Estuvimos juntas cerca de cuatro años. Hay pocas exigencias que yo haga en cualquier tipo de relación y entre ellas las más importantes son la sinceridad, la confianza y el respeto. Después de todo ese tiempo entre tinieblas pude ver con absoluto dolor que no estaba cumpliendo con ninguna de las tres, ni como amiga, ni como amante, ni como compañera. Isabelle fue testigo de cómo me partió en dos ver la realidad. Y enfermé. Me costó seis meses salir de aquel dolor. Pero me levanté y todos los días doy las gracias porque me enseñara a ver qué es lo que soy y lo que quiero.

—Lo siento mucho. No es necesario que me cuentes tanto.

—Pero quiero contártelo. Para que sepas a qué atenerte conmigo.

—¿Me estás diciendo que estás enamorada de mí?

—No seas presuntuoso. —Carlota rio picara—. Solo buscaba en ti a mi viejo amigo cuando fui a buscarte, pero puede que haya visto algo en ti esta tarde que ha sacado algo de mí que creía que ya no existía.

—Ahora, sí que tengo curiosidad. ¿Qué es eso que has visto en mí?

—¿Qué sabes del BDSM? Nunca llego a ese nivel de profundidad cuando investigo a alguien.

—Se lo que es. Aproximadamente.

—Es evidente que no mucho o hubieses visto la escena del bibliotecario con una reacción distinta cuando nos hemos topado con ella.

—No sé qué pensar al respecto.

—Pasa a menudo. No se pueden juzgar las cosas desde fuera. Mucho menos si hablamos de sexo, dominación, azotes. Es un mundo en el que se tiene que tener todo muy claro, ser fuerte de espíritu y andar con mucho cuidado de con quien se relaciona uno. Al fin y al cabo, uno se expone a muchas cosas, que al final es de lo que se trata.

—Y, ¿qué es exactamente lo que has visto en mí que tanto te ha contrariado? —dijo Roberto con una sonrisa de medio lado.

—Lo sabes. Aunque igual te cuesta creerlo. ¿Recuerdas el momento en que me has mirado cuando volvíamos a la biblioteca desde las celdas de los monjes?

—Si. —Y se quedó pensando unos segundos. De repente recordó esa sensación y lo que le vino a la cabeza. La imagen de aquella pequeña pelirroja colgando del techo por las muñecas. Y se sintió descubierto y contrariado— Vaya.

Carlota rio sonoramente.

—Perdona, no quería ser irrespetuosa. Se lo que sentiste porque yo sentí la contraparte. No quiero que te sientas incómodo. Podemos dejarlo y hablar de otra cosa.

—Hablar de sexo nunca me ha hecho sentir incómodo. Suelo ser solitario, pero también soy sociable cuando me apetece. Ningún tema de conversación es inadecuado si se da en el ambiente correcto.

—Y aun así siento que no acabas de relajarte conmigo. Por alguna razón siento que no acabas de estar a gusto. Sé que todo ha sido muy rápido. No había mucho tiempo para organizar la misión. Tal vez necesites volver a Toledo y meditar todo lo que ha pasado.

—Es posible.

—Vayamos a descansar. Mañana te devolveré al momento en que nos fuimos de allí.

—Creí que no se podía volver atrás en el tiempo salvo para las misiones.

—Sera una excepción y si tú no cuentas nada yo tampoco lo haré. Apenas ha sido un día. Y te evitará problemas si quieres volver a la vida que llevabas.

—Está bien. Te lo agradezco.

Carlota suspiró y se levantó de la silla. Roberto la miró curioso y un poco contento por dentro, aunque no acababa de saber por qué. Lo único que tenía claro era que irse de al lado de Carlota no era la razón. Era cierto que tenía muchas cosas que pensar, pero también sabía que volvería con ella, aunque solo fuese por estudiar y conocer de nuevo a su vieja amiga.

—Ven conmigo. Te enseñaré tu habitación.

Roberto la siguió hasta una habitación enorme con una cama de igual tamaño. Hacía tiempo que no dormía en una cama tan grande. Al fondo había una puerta que llevaba a lo que parecía un cuarto de baño. El hecho de que hubiese pocos muebles también hacía que pareciese más espaciosa. Era un poco extraño un estilo tan minimalista en una casa rural, pero a él no le disgustaba. Era hombre de pocas florituras. Se había criado en una casa señorial vallisoletana de muebles robustos y labrados. Todos herencia de familia, así que el disfrutaba del contrapunto de aquella estancia. Al fin y al cabo el estilo de su casa no era muy distinto.

—Sé que eres más de almorzar que de desayunar pero no te preocupes lo he tenido todo en cuenta. Tu ropa está lavada y planchada en el armario.

—Un día tendrás que aclararme cuanto qué sabes de mí y que no.

—Como gustes —dijo girando sobre sí misma y dirigiéndose a la puerta—. Que descanses.

Aquella respuesta intrigó a Roberto, ya que parecía totalmente deliberada y al mismo tiempo notaba en ella un trasfondo triste.

—¡Carlota! —El tono autoritario de Roberto la sorprendió y aun así no pudo evitar girarse de nuevo. Él se acercó a ella y tomándola de la barbilla levantó su cara hacia él.

—¿Estás bien? —le preguntó.

—Si —nada más pudo decir mientras él la miraba a los ojos.

—Creo que tú también necesitas tiempo para pensar las cosas. Siempre he cuidado de ti y lo seguiré haciendo. Siempre has sido muy audaz, pero creo que tal vez esta noche he podido entender a Isabelle. La audacia no siempre es buena si se juega uno la integridad y el corazón con quien no conoce.

—Si te conozco.

—No me conoces. Hace treinta años que no nos vemos. Tú has vivido muchas cosas y yo también. Ahora ve a dormir. Mañana volveremos a hablar. – Roberto la besó en los labios y le soltó la barbilla.

Carlota se quedó parada frente a él, inmóvil.

—¿Carlota?

—Eh… Voy. Hasta mañana

—Hasta mañana.

CAPÍTULO 9

Llegó la mañana y Roberto se sentía como si hubiese dormido un siglo. Tenía muchas cosas que analizar en su cabeza, pero era un hombre práctico, siempre lo había sido, así que no le costó dejar para cuando estuviese en Toledo, todo el procesamiento de la información que ahora tenía sobre Carlota, el trabajo que le proponía y sobre sí mismo. Se levantó y se dio una ducha frente a una ventana que daba al mar. Aquel cuarto de baño, que daba al lado contrario al que daba la terraza tenía unas vistas impresionantes hacia el Este, al lado por el que salía el sol, cosa que no hacía mucho que había ocurrido. Entonces pensó en lo bien que se sentía a pesar de lo poco que había dormido. Su conversación con Carlota los había llevado a acostarse bastante tarde así que no hacía mucho y aun así se sentía energizado. No sabía si había sido la misión, Carlota, aquel lugar o todo junto pero se sentía mejor de lo que se había sentido en tantos años que no recordaba cuantos. Su ropa estaba, como Carlota había dicho, lavada, planchada y colgada en el armario del fondo de la habitación, uno de los pocos muebles que había además de la cama. Se sentía fresco. Listo para comerse el mundo.

Cuando salió al salón encontró a Isabelle terminando de preparar el desayuno para él y para ella misma. Parecía que hoy tenía intención de hablar con él sin prisas y con la seriedad de un padre preocupado por las intenciones de un novio con su hija.

—Buenos días— dijo al verla sirviendo el café.

—Buenos días, Isabelle. No era necesario que prepararas todo esto yo podía haberme hecho el desayuno.

Isabelle lo miró con cierto desdén, pero pareció contenerse por el bien de la armonía y la fluidez de la conversación de iban a tener en unos minutos.

—No es molestia. Siempre me levanto antes del amanecer y te he oído levantarte. Sé que no ibas a ir a ninguna parte pero quería hablar contigo antes de que Carlota se levantase.

—Lo esperaba.

—Al menos pareces espabilado, lo que no sé si es bueno o no. Tendrás que convencerme. ¿Leche?

—Solo un poco, por favor.

—¿Qué quieres saber Isabelle? Contestaré a todas las preguntas del interrogatorio que me espera —dijo sonriendo.

—No te equivoques conmigo. Estoy rondando los sesenta, pero todavía soy capaz de darte un guantazo y mandarte al otro lado de la habitación así que no me tomes por idiota.

—No era mi intención. Admiro muchísimo y agradezco el amor y el cariño que profesas a Carlota, y reconozco que me enternece verte en el papel de madre. A simple vista pareces una mujer dura.

—No sé si intentas engatusarme o es que eres así de inconsciente. Pero, en fin, vayamos al asunto. ¿Qué vas a hacer?

—Todavía no lo sé. Necesito unos días para pensar las cosas. Parece que vosotras estáis acostumbradas a un ritmo frenético que yo no entiendo y apenas hace 30 horas que Carlota me sacó de mi trabajo, después de casi treinta años de no vernos, para meterme en una misión extraña para una gente de la que no sé nada y convertirme en un ladrón y un viajero en el tiempo. ¿No crees que todo eso merece un poco de reflexión?

—En el fondo sé que tienes razón. Esta suele ser nuestra vida o así es como nosotras la manejamos. Pero ya hablaremos de eso si decides trabajar con nosotras. ¿Qué hay de Carlota?

—Tampoco esa pregunta es fácil de responder. Hace apenas 30 horas que me sacó de mi trabajo, después de casi treinta años de no vernos, para decirme que era bruja, que se movía por el tiempo y el espacio metida en un armario, que se dedicaba a robar y que sentimentalmente creía que era un desastre. Todo eso también necesita un poco de reflexión.

—Te concedo eso también.

—Es cierto que sentía un cariño especial y protector por Carlota cuando éramos pequeños y que tenerla cerca me ha hecho recordar aquello, pero ha pasado mucho tiempo y cada uno tenemos nuestras experiencias así que lo único que se ahora mismo es que volvemos a ser amigos pero nada más. Sé por qué temes por ella y aunque no puedo asegurarte que en algún momento pueda hacer algo que pueda dolerle si te aseguro que haré lo posible porque eso no ocurra.

—Sé que ella confía en ti. Y sé que vio en ti algo que no esperaba. Y a pesar de que es una chica lista nadie está exento de ser estafado.

—Sin duda yo he sido más reservado que ella en cuanto a mi intimidad, pero sé de qué hablaba cuando me dijo que era sumisa. Hace muchos años que me muevo por el ambiente bedesemero así que no soy nuevo, pero también es cierto que me he acostumbrado a mantener las apariencias. Cosas de familia.

—Te agradezco la sinceridad. Aun así, sigues en cuarentena. Nunca le mientas. Y esto es un consejo y una advertencia.

—Isabelle, ¿crees que podrás dejar de amenazarme en algún momento?

—No te resultará fácil ganarte mi confianza pero supongo que es posible.

—Me alegro. —Y por un momento el ambiente se relajó entre los dos—. ¿Puedo preguntarte algo?

—Sí, claro. Tu pregunta y luego decidiré si te respondo. —Era evidente que Isabelle iba a ser un hueso duro de roer.

—¿Y la madre de Carlota? Recuerdo que me trataba bien y siempre estaba sonriendo.

—Sí que es una mujer increíble. –Roberto notó algo de nostalgia en la voz de Isabelle—. Está muy bien. Ahora vive en Kinsale, Irlanda. Y la cuidan muy bien.

—Nunca pensé que ella y Carlota fuesen a separarse por nada del mundo. Entonces estaban muy unidas.

—Y lo están. Carlos, el padre de Carlota volvió con ellas hace años. Fue entonces cuando Carlota empezó a saber de la Orden por lo que su padre le contaba de sus misiones. No fue fácil para ellos adaptarse de nuevo el uno al otro. Sobre todo para ella. Apenas tenía dos años cuando tuvo que abandonarlas.

—A él no lo conozco.

—Fue muy amable conmigo cuando yo me encontraba en el peor momento de mi vida. Podía haber echado a perder mi vida y mi carrera. Por eso me hice cargo de la seguridad de ellas dos cuando tuvieron que mudarse a Kinsale. Aunque claro, de eso hace mucho tiempo, y lo que al principio era en un trabajo por agradecimiento se convirtió en cariño con los años. Cuando Carlota empezó su instrucción volvía a la academia con ella y les prometía a sus padres que me encargaría de ella siempre. Y aquí estoy.

—Me alegro mucho por ellas. Espero volver a verla algún día para agradecerle cuando me daba pan con chocolate después de la merienda.

—Sigue haciéndolo algunos días con los chicos de la escuela donde trabaja. Puede ser muy sibilina cuando quiere. —Isabelle y Roberto rompieron a reír. Un segundo más tarde aparecía Carlota por la puerta en pijama y con cara de sueño—. Hola, marmota.

—Hola, Isabelle —dijo dándole un sonoro beso en la mejilla —. ¿Os estabais riendo?

—Si —dijo Roberto—. Hablábamos de la costumbre de tu madre de sobornar a los que hay a su alrededor con pan y chocolate.

—¡Oh, sí! Esa es mi madre. —Isabelle hizo ademan de levantarse, pero Carlota la paró enseguida—. No te levantes. Y voy yo a calentar la leche. Recuerdas que soy capaz de hacer cosas yo solita, ¿verdad?

—Todos tenemos vicios.

—Pues quédate ahí y seguid riendo que ahora mismo vuelvo.

Cinco minutos después volvió con dos tostadas enorme con queso untable una y con tomate y aguacate otra.

—¿Quieres probarlo? Queso de almendras con hierbas provenzales y ajo está buenísimo. —En el día y medio que hacía desde que se habían vuelto a encontrar, Roberto no había visto a Carlota con tanta voracidad. Él e Isabelle se quedaron mirándola mientras engullía—. ¿Qué? Tengo hambre.

—Voy a hacer cosas que mira qué hora es. Os dejo solos. Portaos bien.

—Hola —dijo Carlota coqueta—. ¿Cómo has dormido?

—Muy bien. ¿Qué tal tú?

—Yo, en general, suelo dormir bien. Me gusta dormir. Es un lugar seguro.

—Se nota que no sueles tener pesadillas.

—No.

—¿Cómo vamos a hacerlo? Lo de devolverme a Toledo, digo.

El rostro de Carlota se ensombreció levemente pero continuó como si nada.

—Rodric nos llevará hasta el archivo cinco segundos después del momento en que salimos de allí. Como te prometí.

—Necesito saber alguna cosa más antes de irme. Se necesita información para poder decidir. Me has dado a entender que lo del puesto de ladrón adjunto puede ser permanente, ¿me equivoco?

—No. Pedí permiso a la Orden para buscar un compañero y me lo concedieron siempre que Isabelle se encargue de la instrucción y pase los informes. Si aceptas y tras pasar los baremos de Isabelle se haría un ritual de iniciación. Nada de lo que preocuparse. Pero al fin y al cabo trabajamos con las fuerzas de la naturaleza y hay que pedirles permiso. De momento los informes sobre ti son buenos.

—Pero se supone que trabajamos solos. ¿Tú me examinabas?

—Si. Pero no solo yo. ¿Recuerdas cuando íbamos por el

bosque de Renedo y hablaba con los seres de los árboles y del rio? Nunca estamos solos en realidad. No sueles estar a la vista, pero esos seres existen y algunos de ellos colaboran con la Orden. Nosotros los respetamos a ellos y ellos nos ayudan cuando los necesitamos. Todo el mundo gana.

—No sé si pedirte información ha sido buena idea.

—Yo solo obedezco —dijo picara.

—Ya —replicó Roberto sonriendo—. Acerca de la magia de la que hablas. ¿Qué es exactamente? Me hablaste de ciencia, de cosas que no conocemos y en cuanto a lo que yo entiendo por magia lo más parecido fue el hecho de que nos volvieras invisibles para poder cruzar por la biblioteca de la abadía. ¿Cómo hiciste eso?

—Ahora mismo, no recuerdo exactamente, que te he contado y que no, pero puedo volver a contártelo desde el principio. La magia siempre ha existido porque magia es todo aquello que todavía no entendemos o los que hemos olvidado, no solo los fenómenos menos corrientes como volverse invisible sino algo tan común como en qué momento la vida llega a nosotros y en qué momento nos deja, si es que nos deja y adónde vamos si no. Te voy a enseñar una cosa.

Carlota trajo una piedra a la que conectó un amplificador. Automáticamente por el amplificador una voz en francés empezó a oírse como si saliera de la piedra.

—¿Eso es la radio?

Dando golpecitos en la piedra empezó a sintonizar nuevas emisoras ante los ojos de Roberto.

—¿Una piedra parlante? ¿En serio?

—Noooo —Carlota rió de forma estridente—. ¡Es una piedra galena! —Cuando paró de reír siguió con su explicación—. Es un ejemplo de cómo creemos mágico algo cuando no sabemos cómo funciona. Esta piedra es capaz de captar las ondas radiofónicas de frecuencia corta y se han usado desde que la radio existe prácticamente pero ya nadie lo recuerda así que a cualquiera del mundo actual le parece mágica. ¿Has probado a darle a un adolescente una cafetera italiana de las que usábamos en los ochenta? ¿Has visto la cara que ponen cuando se enfrentan a un teléfono de dial? Todo va al saco de la magia cuando no entendemos cómo funciona y se la tilda de superchería, de bálsamo para ignorantes. Pero los brujos entendemos que para usar las cosas no siempre es necesario que la ciencia explique cómo funciona ahora mismo. Ya lo hará. O no. Y las fuerzas de la naturaleza y nuestra capacidad de manejar la energía son poderosas. Todo el mundo puede usarlas. Es solo que nosotros creemos en que podemos hacerlo. Como ya te dije desde los primeros alquimistas la Orden no solo custodia los libros de sombras de los viejos brujos, sino que investiga sobre los fenómenos que ellos experimentaron y muchas veces donde la ciencia común no ha llegado a entrar todavía porque creen que es fantasía de cuatro locos porque no entra en sus parámetros. Pero la Orden no solo guarda ese conocimiento, sino que también lo difunde en su debido tiempo. Desde siempre se han hecho purgas con aquellos ven cosas, e incluso demuestran, si no se atienen a lo que la gran masa de población puede entender. Las cazas de brujas en la edad media, Miguel Servet fue a la hoguera, Galileo fue excomulgado, lo que hoy equivaldría a ser eliminado socialmente, y aun hoy se trata de locos y charlatanes a los contactados por extraterrestres, los que sienten cosas cuando entran a algunos sitios y hasta a la gente con depresión se le dice que tiene cuento. A la humanidad le queda mucho para abrir su conciencia plenamente a todo lo que se puede experimentar y saber. Ni siquiera son capaces de explicar la física cuántica a la gente corriente. Apenas estamos empezando.

—Entonces, ¿los brujos lo saben todo?

—No. El Gran Aquelarre sabe todo lo que se sabe hasta ahora que es mucho más de lo que se cree; pero no lo sabe todo. Todavía no sabemos en qué momento se insufla el espíritu en el cuerpo humano o por qué el universo decidió crear vida en este planeta del sistema solar y no en Marte. O por qué algunos recuerdan vidas pasadas y otros no. Y no todos los brujos sabemos todo lo que se sabe. Tendríamos que tener una cabeza como una sandía de cinco kilos. —Carlota rompió la seriedad con la que estaba hablando para reír sonoramente—. No es necesario. Tú escuchas la radio y ves la televisión todos los días. ¿De verdad te planteas como llegan las imágenes o el audio para que tú lo veas o lo oigas?

—Lo cierto es que no.

—Por eso doy gracias todos los días por tener a Rodric pero no me pregunto qué proceso hay detrás de que me lleve de un lado a otro y adelante o atrás en el tiempo.

—¿Se puede ir al futuro?

—Que sepamos no. El actual es el tiempo más lejano al que podemos llegar.

—Si, acepto el trabajo, ¿tendré acceso a todo ese conocimiento?

—En principio, a todo lo que necesites saber.

—Interesante. ¿Qué pasa con la vida que llevo en Toledo? Mi trabajo, mi familia...

—Para el trabajo, una excedencia para viajar. Saben que vienes de familia bien. A nadie le va a extrañar. Y en cuanto a tu familia no te preocupes. Tampoco les extrañará. —Una sonrisa extraña apareció en la cara de Carlota que Roberto no supo descifrar—. ¿Algo más que quieras saber?

—Seguramente, montones de cosas, pero me he vuelto a bloquear.

—Entonces, ¿qué piensas hacer?

—De momento, volver al trabajo para pedir los días de vacaciones que me deben. Tengo muchas cosas que pensar.

—Cuando tú quieras.

—¿Cómo puedo ponerme en contacto de nuevo contigo?

Carlota cogió un papel y un bolígrafo de un cestillo que había sobre la mesa y escribió algo—. Este es mi número de teléfono móvil y el de casa.

—Reconozco que me siento algo decepcionado.

—¿Por qué complicarnos la vida cuando tenemos modos sencillos de hacer las cosas a mano? ¿Hubieses preferido que te enseñase a usar palomas mensajeras?

—Mejor no. Cuando tengas a bien puedes dejarme allá de donde me sacaste.

—De verdad, ¿no quieres preguntarme nada más?

—Sé por dónde vas y no, no vamos a hablar nada más hasta que volvamos a vernos y te recomiendo que pienses mejor lo que me vas a decir que la última vez. Eres demasiado impulsiva. Piensa bien que es lo que quieres y escríbelo. Ya lo discutiremos.

—Está bien.

Carlota se dirigió hacia Rodric con una sensación extraña. Aquello le había parecido una regañina pero tampoco acababa de entender por qué se la había ganado ni por qué le importaba. Tras de sí iba Roberto más seguro de sí mismo y enérgico de lo que se había sentido nunca.

CAPÍTULO 10

No tardaron mucho en llegar a la oficina de Roberto, en el sótano del Archivo histórico de Toledo. Al abrir la puerta le vino el recuerdo de la pequeña gata a la que perseguía cuando Carlota llegó con su armario transportador y se sintió mareado de repente. Muchas cosas habían pasado en apenas dos días y sin embargo en aquel solitario rincón todo seguía exactamente igual, como si nada hubiese pasado. Entendió de repente, lo frenético de su incursión en la vida de aquella muchacha pelirroja recién llegada desde su infancia. No estaba acostumbrada a semejante velocidad en su vida. Se había hecho a la soledad voluntaria y al ritmo tranquilo de un hombre cuyos amigos ya tenían familia, de reuniones esporádicas de domingo, y fines de semana de escapada gastronómica. Carlota había revuelto su vida en solo 48 horas, le había enseñado un modo de vida excitante, pero sin excesivo peligro, le había traído a la cabeza la sensación de familia, le había recordado parte de su modo de vida que había dejado de lado porque creía que no encontraría en ella lo que buscaba. Tenía mucho que meditar, aunque todo aquello le atraía mucho.

Pero al otro lado se encontraba la niña que le hacía reír cuando se enfadaba con los invisibles seres del bosque porque no la dejaban llegar donde ella quería poniendo troncos y torrentes en su camino.

Tenía que volver a Renedo, porque el, también tenía allí su humilde ermita de retiro, donde iba cuando quería escapar de una casa llena de gente a la que no conocía. Cuando su amiga ya no estaba para distraerlo con sus rarezas.

—Ya hemos llegado —dijo Carlota abriendo la puerta. El viaje había sido corto pero durante ese tiempo el silencio había sido el tercer viajero abriendo brecha entre ellos. Salió del armario detrás de Carlota.

—Con una respuesta u otra te llamaré pronto. Solo necesito unos días para poner mis ideas en orden, aclararme y hacer los trámites necesarios según mi decisión —dijo Roberto.

—Espero sinceramente que decidas volver con nosotras. Sé que en el fondo, a Isabelle le caes bien.

Roberto se acercó a Carlota imponiéndose desde su metro noventa.

—Sé que tienes muchas expectativas, pero no deberías. Hace muchos años que no nos vemos, pero intuyo que ese ha sido tu problema estos años. Ya eras una soñadora de niña, aunque tuvieses razón con lo de tus seres invisibles.

—Tengo muy claro lo que quiero. No te equivoques conmigo.

—Sé que no me equivoco. También sé que eres lo bastante lista para distinguir lo que te conviene de lo que no, pero a veces pecas de creer que puedes pulir ciertas cosas o situaciones hasta convertirlas en lo que quieres. Y nada de morritos.

Carlota enrojeció hasta que su cara y su pelo se mimetizaban. Le hubiese arrancado la piel de la cara a tiras, pero la sumisa que llevaba dentro reaccionaba conteniéndose ante lo que sentía era un dominante al que respetaba.

—Te llamaré cuando tenga decidido que voy a hacer. —Roberto se apartó de Carlota y le abrió la puerta de Rodric—. Descansa mientras y piensa en lo que te he dicho.

Carlota entró en su armario-vehículo y desapareció en menos de lo que tardó en cerrarse la puerta.

Roberto no pudo evitar sonreír pensando en la pasión que Carlota ponía en todo y en lo mucho que se iba a divertir adiestrándola porque en el fondo de su ser sabía que aquella pequeña bruja ya se lo había ganado.

—Grrrrrrrrrr.

Carlota gruñó mientras salía del armario y se lanzó en plancha en el mullido sofá que había en el salón, justo frente a donde solía aparcar a Rodric. Cuando Isabelle entró la encontró gritando con la cara aplastada contra uno de los cojines color crema y enorme que había en el sofá. Se quedó mirándola como de costumbre cuando hacia esas cosas. Algo había pasado que la frustraba, pero también sabía que aquello era más una rabieta que algo realmente importarte o hubiese ido primero a buscarla a donde estuviese. Gracias a dios, sabía que Carlota, a quien no era fácil ganarse en confianza, cuando lo hacía se daba por completo a la verdad y no escondía nada. Muchos menos a ella que tanto la conocía y desde hacía tantos años. Cuando se hubiese desahogado lo suficiente le contaría que pasaba.

—¡Será imbécil! ¿Pero qué coño se ha creído? Pues no piensa que me conoce mejor que yo…

—No sé qué te ha dicho, pero es evidente que tiene razón.

—¡Y me cabrea muchísimo!

—Si al final me caerá bien.

—Ya te cae bien pero no quieres reconocerlo.

—No bajaré la guardia hasta que haya demostrado que es de fiar. Y para eso todavía queda mucho. ¿Qué ha pasado?

—Que me ha dicho que muy lista pero que cuando quiero algo que soy demasiado impulsiva e intento convertir las cosas en lo que yo quiero no viendo lo que en realidad son. Y entonces me ha mandado a casa con dos palmos de narices y con la boca cerrada. Que me llamará cuando decida algo y que mientras haga «ejercicios de introspección».

—Y además te ha gustado.

—Si. Y tengo ganas de arañarle la cara.

Isabelle rompió a reír. Aquel tipo empezaba a ganarse su respeto, lo que no era óbice de nada, pero empezaba a resultarle interesante. El estudio de aquella situación iba a ser divertido. Al final Carlota no pudo evitar echarse a reír también al oír a su amiga—madre viéndose a sí misma como una caricatura. Cuando ya no pudieron más Carlota puso su cabeza sobre el regazo de Isabelle.

—Sé que tiene razón. Por eso fui a buscarlo, sé que es de fiar, no solo por cómo se comportaba de pequeño, sabes que lo investigué mucho antes de ir a por él. Es solo que no esperaba encontrarme con alguien que me complementara como sumisa y me ha descolocado.

—Ese pájaro sabe más de lo que dice.

—Lo cierto es que le he dejado poco espacio para hablar.

—Te dije que era todo un poco precipitado.

—Pero era el momento correcto. Una localización que conocía, poco riesgo…

—Y lo del bibliotecario y Rita se te escapó.

Isabelle sabía que Carlota era meticulosa y que nunca dejaba nada al azar. Le gustaba controlarlo absolutamente todo, mucho más cuando se trataba de trabajo.

—Siii —dijo Carlota como excusándose—. Necesitaba al bibliotecario fuera de su celda y Rita se ofreció. Tampoco tuve que esforzarme mucho en convencerla.

—Imagino. Como si la viera. —Isabelle sonrió al recordar a su amiga de juventud.

—El caso es que ahora tendré que esperar a que el Señor decida llamarme para contarme que va a hacer y si dice que no habré perdido la oportunidad tener conmigo a alguien en quien confiar del todo.

—¡Vaya! Ya veo lo que tiran unos pantalones.

—Isabelle ya sabes que no es cuestión de pantalones. Me conoces mejor que eso.

—También sé que las mujeres no se te dan especialmente bien.

—Lo de Ágata fue un error grande pero ya sabes que yo no me arrepiento de nada y reconozco que me enseñó muchas cosas. Que no acabáramos bien no significa que no la quisiera ni tampoco que pudiera volver con ella. Pero lo de Roberto es distinto. Sé que puedo confiar en él. Como siempre, desde que éramos pequeños.

—¿Cómo puedes estar tan segura? Hace treinta años que no os veis. Es muy poco fiable que creas que una persona no va a cambiar en ese tiempo. Muchas cosas pueden ocurrirnos y nos ocurren a todos que nos moldean, unas veces a mejor y otras a peor.

—Lo sé. Como sé que es uno de los nuestros aunque ni el mismo lo sepa. Isabelle la miró extrañada.

—¿Cómo es eso posible?

—Sus padres fueron los que avisaron a mi madre y nos ayudaron a mudarnos a Kinsale. No solo son brujos. Son maestres del Gran Aquelarre.

—¡¿Cómo?!

—Ya sabes que solo los mandos intermedios entre ellos y la orden los conocen y papá era uno de los pocos que lo sabían. Tampoco mamá lo sabía hasta que hablaron con ella el día que salimos de Renedo y yo me enteré cuando empecé a investigarlo. Obviamente me interrogaron al respecto. ¿Recuerdas el año pasado cuando fuimos de vacaciones a Renedo? La visita a los Marqueses fue algo más que una visita de cortesía. Por poco me da un soponcio.

—Así que yo no debería saber esto.

—No te preocupes. Puesto que vas a trabajar con nosotros muy de cerca tengo permiso para contártelo, aunque me haya precipitado un poco. Roberto todavía no ha aceptado.

—Lo que vuelve a confirmar que él tiene razón.

—¡Mierda! —dijo Carlota entre dientes.

Isabelle soltó una carcajada de nuevo. No podía resistirse a la visión de su joven, segura, independiente y testaruda amiga destapada por el archivero soso de metro ochenta.

—En fin, ¿hay algo más que quieras contarme?

—¿Qué hago con mi amigo si dice que si a trabajar con nosotras?

—Pues primero sentaremos las bases de esta relación laboral, lo instruiremos en las artes brujiles hasta donde sea posible, veremos cuál es su talento y le enseñaremos a usarlo y empezaremos a trabajar. La parte personal te la dejo a ti pero creo que deberías hacerle caso y tomarte las cosas con calma.

—¡Es que además hace mucho que terminé con Ágata!

—Y por eso vas a darte un montón de duchas frías y vamos a meditar todos los días. Empezando por ahora mismo.

—Está bien. Ahora salgo para la meditación. —Y salió hacia su habitación con un mohín en la cara como una niña enfurruñada.

CAPÍTULO 11

Roberto no sabía por dónde empezar. Acababa de volver a su despacho, al sótano del archivo histórico de Toledo. Todo estaba igual pero curiosamente echaba de menos a aquella gata que se coló según el tiempo actual hacia veinte minutos. Con ella había empezado todo o eso parecía. Se preguntaba que habría sido de ella. Tenía que preguntarle a Carlota. Carlota. ¿Qué iba a hacer con ella?

Se sentó en su silla frente al ordenador y redactó una carta de petición de excedencia por un año. Sería tiempo suficiente para organizarse, probar el trabajo de ladrón de libros de sombras, aclarar las cosas con Carlota, ver qué pasaba entre ellos y volver si no salía bien. Él era también un chico previsor. Imprimió la solicitud y fue a director del archivo a presentársela en persona cuanto antes pudiera agilizar las cosas más tiempo tendría para todo y ya tenía claro que iba a volver con Carlota así que era absurdo perder el tiempo en el aburrido trabajo que tenía.

—Buenos días, Pedro. ¿Puedo pasar?

—Claro, Roberto, pasa. ¿Qué tal la clasificación de la nueva adquisición?

—Bien, ningún problema con eso. Venía a entregarle una solicitud para una excedencia. Necesito tomarme un año para aclarar algunos asuntos personales.

—¿Va todo bien, Roberto?

—Si. No es nada grave.

—Está bien. No hay ningún problema entonces. Espero que no se haya sentido incomodo aquí. Sé que ya lleva tiempo y que pidió entrar en adquisiciones, pero....

—Quédese tranquilo. Todo está bien.

—¿Cuándo quiere empezar la excedencia? —Roberto sabía que cada hora en esa mesa del sótano sería pura tortura para él.

—En cuanto pueda. Quiero ir a visitar a mis padres para su aniversario y es esta semana así que si fuera posible...

—Claro. La firmaré ahora y así no será necesario que venga mañana.

—Siento mucho dejarles todo el trabajo por hacer con la catalogación de las últimas entradas.

—No se preocupe. Justo ayer recibimos el curriculum de una chica que acaba de terminar la carrera con cincuenta años. Un personaje peculiar. Ya le iremos supervisando para ver cómo se desenvuelve.

—Muchísimas gracias, Pedro.

—No hay de qué. Es usted un buen trabajador y le debemos más de lo que podemos ofrecerle. Gracias a usted. Váyase ya si quiere —dijo el director a Roberto como si viese su ansiedad.

—Gracias.

Roberto salió del despacho del director y apenas tardó cinco minutos en pasar por su despacho a recoger sus cosas y salir por la puerta del archivo con posibilidad de no volver más que de visita.

El siguiente paso era ir a casa y antes que nada darse un baño caliente. Roberto era un hombre sibarita y gustaba de pequeños placeres como aquel, así como disfrutar de una siesta antes de llamar a su madre para avisarle que iría a pasar unos días antes de la celebración del 50 aniversario de su boda.

Roberto vivía en un loft moderno en el centro de Toledo y de estilo minimalista. Se había criado rodeado de florituras y recargamiento así que en cuanto salió de Renedo intento simplificar su vida en cada uno de los aspectos de ella. Y la casa fue el primero. Eso no significaba que todo fuese austero, solo simple, gastando lo necesario solo en lo necesario y una de esas cosas era la cama. Una súper kingsize con sabanas de algodón biológico para el verano y fundas nórdicas para el invierno. Uno de los pequeños placeres de Roberto era el de dormir completamente desnudo. Se preguntó si Carlota sabría eso, aunque tampoco sabía de sus incursiones en el mundo BDSM así que supuso que habría puesto límites a dónde meter la nariz.

Se levantó de la siesta como nuevo, listo para llamar a su madre.

—Hola, hijo. ¿Qué tal por Toledo?

—Bien, madre. Te llamaba para decirte que iré antes del aniversario. He pedido una excedencia en el trabajo así que pasaré ahí unos días de vacaciones.

—¿Excedencia? ¿Va todo bien en el trabajo?

—Sí, madre. Ya os contaré cuando vaya. Supongo que el

viernes estaré allí a la hora de la cena.

—Ten cuidado con la moto, hijo. Se esperan tormentas de verano así que la carretera estará peligrosa. Tus hermanos vendrán también el sábado.

—Ya tengo ganas de ver a mis sobrinos. Ya deben estar grandes.

—Lo suficiente para tener que correr detrás de ellos todo el tiempo.

—Voy a cenar algo y a adelantar trabajo antes del viaje.

—Muy bien, hijo. Nos vemos el viernes.

—Que descanses, madre. Hasta el viernes.

La relación de Roberto con sus padres siempre había sido más cordial que afectuosa. No es que se tratasen como vecinos, siempre pudo contar con ellos pero envidiaba, aun hoy cuando lo recordaba, la relación de Carlota con su madre. Incluso la de el con la madre de Carlota. Sarah siempre había sido cariñosa con él y lo había tratado con el mismo amor con el que miraba a su propia hija. Lo cierto es que añoraba y había añorado aquellos días desde que esas dos mujeres habían salido de su vida desapareciendo sin más noticias pero solo ahora que Carlota había reaparecido era consciente de que eso había estado pasando. Durante todo aquel tiempo no había sabido de dónde provenía el vacío que sentía pero ahora se hacía una idea.

Otro de los placeres a los que Roberto no había querido renunciar era la comida y la cocina. Desde que se había hecho vegetariano su gusto por la cocina había aumentado ya que se negaba a creer que ser vegetariano significaba comer lechuga en ensalada y verdura a la plancha así que se dedicó a recorrer el país probando nuevos restaurantes y haciendo cursos de cocina. Curiosamente Carlota, que le había ofrecido comida vegana durante el tiempo que estuvo con ella en Marsella, no había dicho nada al respecto ni le había llamado la atención que él no preguntara. Probablemente esa era otra de las cosas que ella había investigado de él.

El caso es que se puso a cocinar mientras veía las noticias y después de cenar leyó un rato o lo intentó porque no podía quitarse a Carlota de la cabeza. Entonces el teléfono sonó.

—¿Ya te has decidido? —Carlota sonó al otro lado de la línea.

—¡Nooo! ¿Por qué me llamas?

—Tú me has llamado primero.

—No lo he hecho.

—Si lo has hecho. Aunque no haya sido por teléfono.

—¿Cómo te voy a llamar si no es por teléfono?

—Pues telepáticamente. Te he oído alto y claro.

—No lo he hecho

—Si lo has hecho, pero supongo que no conscientemente.

—Pues a partir de ahora, si vuelve a ocurrir, obvia mi supuesta llamada y espera a que yo te llame.

—Sí, Señor.

—Ahora ve a dormir.

—Sí, Señor. –Carlota colgó y aun así pudo sentirla juguetona. Sin duda no sería fácil despegarse de ella lo que sacó también una sonrisa a Roberto.

—¡Hola!

Roberto se levantó del sofá entre asustado, sorprendido y un poco indignado. Esa era la voz de Carlota.

—Sí, soy yo. Solo quería que supieses que esto va en los dos sentidos.

—¿Pero cómo…?

—Telepáticamente. Pero prometo no volver a hacerlo. Hasta

que me llames.

Roberto no sabía cómo aquello estaba pasando pero ahora estaba realmente enfadado.

—Esto te va a costar una buena azotaina.

—Uis… Sí, Señor.

Carlota no paraba de desconcertarlo porque una cosa es que ella pensara que lo había oído pero, ¿cómo había podido oírla él? Sin duda lo mejor es que se fuera a la cama y lo dejara estar hasta el día siguiente. Nada podía ocurrir mientras dormía. O eso pensaba.

Esa noche Roberto tuvo el sueño más lúcido que había tenido en su vida. En él su madre lo llamaba para que fuese con ella a un lugar extraño en el que nueve personas vestidas de blando se encontraban formando un círculo en lo que parecía un rito iniciático de alguna secta extraña.

—No temas hijo. Tú eres uno de los nuestros. Toda la vida has perecido demasiado escéptico para enseñarte las artes de la brujería. Como todo en esta vida la magia requiere de fe. Lejos estábamos de pensar que Carlota sería la que te traería hasta aquí.

—Pero todavía no he aceptado.

—En el fondo de tu corazón, como en el nuestro, sabes que si lo has hecho. Aunque quieras darte el gusto de pensar que todavía puedes decir que no.

—¿Qué significa todo esto?

—¿Tu qué crees que es, hijo? Usa tu intuición. Se te solía dar muy bien.

—Pues ahora no entiendo nada. ¿Por qué estáis en mi sueño y por qué este sitio? ¿Yo no reconozco este lugar?

—Pero si has estado aquí, aunque eras muy pequeño. Eres un gran brujo y por eso decidimos no despertar tu don hasta que estuvieses preparado. Te has convertido en un gran hombre y te has encontrado con una gran compañera. Ya lo intuimos cuando jugabais por la finca. Era evidente que había un lazo muy fuerte entre vosotros y al final ella te ha encontrado. Aunque no sin ayuda —dijo la madre de Roberto.

—Cada vez entiendo menos.

—Carlota lleva muchos años al servicio de la Orden. Cuando decidió empezar el adiestramiento creímos oportuno hacerle un seguimiento y además de ser una muchacha excelente en lo personal también es una gran agente así que le dimos un empujoncito hacia ti. Pero ella ya lo había hecho. Incluyo un informe exhaustivo sobre ti en el trabajo de seguimiento e investigación. Así que tuvimos claro que el lazo que os había unido en la infancia seguía ahí.

El padre de Roberto, ataviado con la misma túnica que el resto de los presente parecía más cercano ahora de lo que había sido nunca.

—Ella pidió permiso para incluirte en su equipo así que la llamamos para hablar con ella aunque entonces ella pensaba que solo venía a ver a los viejos patrones de su madre. Nadie sabe quién forma el Gran Aquelarre salvo los que lo formamos y unos pocos contactos que intermedian entre nosotros y la Orden. Su padre es uno de esos intermediarios y su madre se enteró cuando la ayudamos a mudarse a Kinsale.

La madre de Roberto habló con cariño de la pelirroja que lo había metido en todo este berenjenal en el que ahora sus padres también estaban metidos.

—Hablaremos de todo esto cuando vengas a Renedo. Ahora sigue durmiendo y descansa.

Roberto despertó en su cama con el cuerpo curiosamente

dolorido. Le costaba moverse y no sabía por qué pero recordaba el extraño sueño que había tenido. Al mirar el reloj despertador de la mesilla de noche vio una curiosa cifra 20:45. Había dormido casi 24 horas.

9 798666 905975